U0068523

推薦序
髣髴美學：
馬來西亞與溫任平的新路

詩人、詩評家、退休教授　**蕭蕭**

一、溫任平，詩壇一個舒坦的名字

　　溫任平（溫瑞庭，1944-），一個舒坦的名字，任隨自然，平和自己與同儕。

　　原籍廣東梅縣，出生於馬來西亞霹靂州怡保的溫任平，以自學方式考獲英國劍橋高級文憑，並錄取劍橋大學漢學系海外生。

　　溫任平，一生舒坦的中學教師經歷，曾於拿督沙咯中學、金寶培元國中、怡保育才國中、霹靂金寶培元獨中、吉隆坡尊孔獨中執教。

　　溫任平，一個舒坦的華文寫詩人，1973年創立天狼星詩社並擔任社長，1989年天狼星詩社結束，但他個人仍繼續寫詩，著有詩集：《無弦琴》、《流放是一種傷》、《眾生的神》、《扇形地帶》、《戴著帽子思想》，近年更在台灣出版《傾斜》（秀威，2018）、《衣冠南渡》（秀威，2021）。

　　溫任平，一個舒坦的馬華文學觀察家，一生關注天狼星社員的星海浮沉，編著《馬華文學板塊觀察》、《大馬詩選》、《眾聲喧嘩——天狼星詩作精選》、《天狼星科

幻詩選》，2010年獲頒第六屆大馬華人文化獎。

這樣的溫任平相關敘述，反襯著小他十歲的弟弟溫瑞安（1954-）在二十世紀七〇、八〇年代的鋼鐵意志所塑造的文學江湖、武俠現實、中國想像。[1]其實也對應出另一股相異的學院論評，如黃錦樹的《現實與詩意》（台北：麥田，2022）、張錦忠等編的《馬華文學與文化讀本》（台北：時報，2022），陳大為、鍾怡雯編的《馬華新詩史讀本》（台北：萬卷樓，2006），形成馬華文學現場的傾斜性。

二、傾斜，是取得髣髴美學最初的訣或缺

溫任平的第六部詩集就叫《傾斜》，他在自序裡引述了尼采（Friedrich Wilhelm Nietzsche, 1844-1900）和戴望舒（1905-1950）兩人相類近的觀點：

> 尼采的修辭問句：「那個人在說什麼？他說出了的話，他還隱瞞了些什麼話還沒說出來？」

> 戴望舒說：「詩是一種吞吞吐吐的東西，動機在表現自己與隱藏自己之間。」

溫任平顯然在有意無意間同意：詩在言說／未言說之際，表現／遮蔽之間那不一定明晰的縫隙裡，自有詩自己的出路。

或者換另種說法：「只有詩或廣義的藝術，讓我

---

[1]　詳見溫瑞安《馬華文學板塊觀察‧從北進想像倒退而結網》，台北：秀威，2015；李宗舜：《烏托邦幻滅王國》，台北：秀威，2012。

有能力超越時空的桎梏羈絆，讓我有能力在三維或是多維空間馳行無阻。我中有你、你中有我；『我』與『你』同為一人，『我』『你』『他』甚至可以同體異生（mutations）。」（《傾斜·自序》）

所謂「傾斜」，是在多維空間的傾斜，傾斜向古、向今，向我、向你，向華、向馬多一些，卻也不忘記另一方的存在。

《傾斜》是2014至2016年密集寫作的精華，2018年出版。

《衣冠南渡》則是另一部變體的政治詩集，作者將此書歸屬於魔幻寫實之作，出版於2021年。（魔幻與寫實，不也是悖反、兩極、矛盾的對立依存？）

《衣冠南渡》此書前有三位年輕學者的序文，探討溫任平的現實本土與中華傳承，後有溫任平〈後記〉吐露的心聲：「生活的趣味在於驚喜，生命的趣味在於『似曾相識』（法語：Déjà vu），在於『偶然發現』（serendipity），在於『頓悟式顯現』（epiphany），甚至在於一剎那的『入神』（entranced）或『恍神』（space out）。」執行出版計畫的朋友依此引用成語：「一瞬即逝、錯身而過、剎那回眸、似曾相識、猝不及防、恍惚失神」，倒也多少見出此一時期溫任平詩作的內在精神與稀疏外貌。

以上所引用的論述都出現在最新出版的詩集：有著「態度傾向」的《傾斜》，有著「現實指向」的《衣冠南渡》中。「說出了的話」與「隱瞞了些什麼還沒說出來的話」，「表現自己」與「隱藏自己」，我、你、他，甚至可以「同體」而「異生」，或者說「似曾相識、偶然發現、頓悟式顯現、一剎那的入神或恍神」，結合這些辭意，是不是都在傳遞著兩個字：「髣髴」！

都在呼喚著兩個字：「髣髴」！

三、髣髴美學：若輕雲之蔽月流風之迴雪

最近溫任平希望將2014-2022近十年間詩作，編年順月，輯為一書，以《髣髴》命其名，而且在電話中特別叮囑，他選的是「髣髴」二字，不用「彷彿」與「仿佛」。考察這三個詞語，是相互之間可以通用的雙聲連綿詞，意思都是：好像、似乎、近似、猶如、宛如、宛若。引用古籍裡的典故，如果將這三個詞語互換（彷彿→仿佛→髣髴→彷彿），依然暢順不疑，一無罣礙：

戰國・屈原《楚辭・遠遊》：「時髣髴以遙見兮，精皎皎以往來。」

西漢・司馬相如《長門賦》：「時仿佛以物類兮，象積石之將將。」

魏・曹植《洛神賦》：「髣髴兮若輕雲之蔽月，飄颻兮若流風之迴雪。」

西晉・潘岳《寡婦賦》：「耳傾想於疇昔兮，仿佛乎平素。」

東晉・陶淵明〈桃花源記〉：「山有小口，髣髴若有光。」

南朝梁·劉勰《文心雕龍·哀弔》：「卒章五言，頗似歌謠，亦彷彿乎漢武也。」

北宋·蘇軾〈臨江仙·夜飲東坡醒復醉〉：「夜飲東坡醒復醉，歸來髣髴三更。」

清·吳敬梓《儒林外史》第八回：「王惠見那少年彷彿有些認得，卻想不起。」

以上「副詞」的「髣髴」是不是都有一種不確定感，不精審貌？《說文解字》用的「視不諟」、「視不諦」、「視不審」──看，但不用看那麼明確晶亮。

即使當作名詞來使用，也只能是大致、大概的樣子，連蘇東坡都有「態狀千萬」，要略寫其「彷彿」都不容易的慨歎：「所居臨大江，望武昌諸山如咫尺，時復葉舟縱游其間，風雨雲月，陰晴蚤暮，態狀千萬，恨無一語略寫其彷彿耳。」（北宋·蘇軾：〈答上官長官書〉之二）

劉正偉曾以〈北渡與南歸的二律背反〉為題，論述溫任平《衣冠南渡》詩集中「理想與現實的交煎、原鄉與故鄉的拉扯、文明與在地的衝突」，一如所有東南亞國家華裔人士的內心煎熬，菲華、泰華、新華、馬華……相類近的現實糾葛、文化迷惘。

但是，兩年後的這部詩集，與《傾斜》、《衣冠南渡》重複著許多詩篇，溫任平卻選擇了《髣髴》之名，這是近似、宛若的東西方學理之相互斟酌，依違的政治風尚之兩可選擇，時強時弱的人生潮浪之放任態勢，是不是在蕉風椰雨中，從「衝撞」加了水走向「沖淡」，從「對

視」開了口走向「對談」，從「不安」的生態與心態中逐漸「安頓」生靈與心靈，從「結與固」，走向「解與放」？

《髣髴》各輯之名，不外乎「角色扮演」、「粉墨登場」、「虛實相應」，到後來的「新版刀劍笑」。也就是上場了，我們在歷史裡扮演什麼角色，今日之實對應著往昔的哪個虛，未來又會成為什麼樣的虛，會不會刀與劍的當下對峙也不過是歷史裡的一聲笑！

再回頭思考「髣髴」的可能隱義吧！

「彷彿」、「仿佛」與「髣髴」，三個「音相同」的通同詞語，「彷」與「彿」又具有雙聲效果的連綿詞，溫任平放棄了單人旁、雙人旁的「仿佛」、「彷彿」，特別選用以「髟」字為部首的「髣髴」，是因為「髟」字（音「標」，biāo）有著「長毛飄垂」的樣貌，讓人與物之間有著距離感形成的美？讓兩極之間有著髮鬚飄飄的消融之境？

進而暗示著現實下臟器裡的小石子、心尖的憂煩、人生路上的障礙物、文化與文化間的眼翳、國族與國族的鐵蒺藜，都可以視為是長毛飄垂，終究要逐漸消融？

溫任平的詩集曾經《戴著帽子思想》，曾經以為是《衣冠南渡》，如今是否想帶領著天狼星下的人群想像著、享受著《髣髴》之美！

這髣髴之美，要以三國時代曹植《洛神賦》的「髣髴兮若輕雲之蔽月，飄颻兮若流風之迴雪」最有現代意境，任何一國的北境、南境都能想像，她們絲一樣在溫任平的《髣髴》詩集裡飄著、拂著。

如是，回頭重讀溫任平的詩〈髣髴〉：

髯髭是那個文武兼備的
嶺南旅客,行李裡有乾糧
水囊,刀首與幾冊線裝
塵暴颳起,蓬帳晃動,狂風
刀子似的刮著漢子的鬍髭與大地
他要去北方,傾斜的北進想像
茶樓酒肆在世界的範圍
對於一個過客並無兩樣
都是吹著口哨走進客棧
不外一兩白乾送牛肉乾
文的搞文牘武的當守衛
髯髭——
我是被史家抹掉的南洋

　　這當兒,心中多的是「茶樓酒肆在世界的範圍／對於
一個過客並無兩樣」的氣場迴盪,不會再有「我是被史家
抹掉的南洋」的刀劍憤懣。
　　溫任平的〈髯髭〉,讓我放開自己,以周夢蝶（1921-
2014）〈我選擇:共三十三行——仿波蘭女詩人Wisława
Szymborska〉的最後兩行加以思考:

　　我選擇最後一人成究竟覺
　　我選擇不選擇。

　　周夢蝶這首詩發表於《中華日報》（2004.7.21,
2004.8.10）,最後收入在「掃葉工房」版的《夢蝶全集・詩

卷三》〔有一種鳥或人〕之〔附錄〕，詩共三十三行，前三十二行都以「我選擇」開其端，文字長短不拘，事項品類亦不編其次，「我選擇紫色。／我選擇早睡早起早出早歸。／我選擇冷粥，破硯，晴窗；忙人之所閒而閒人之所忙。／我選擇非必不得已，一切事，無分巨細，總自己動手。⋯⋯我選擇牢記不如淡墨。（先慈語）／我選擇穩坐釣魚台，看他風浪起。（先祖母語）／我選擇熱脹冷縮，如鐵軌與鐵軌之不離不即。／我選擇行乎其所不得不行，而止乎其所當止。」每一行都以句點結束，惟最後兩行「我選擇最後一人成究竟覺／我選擇不選擇」中間無句點，可以視為一句話，鋪排了天地間的萬象森羅、人世間的萬千端緒之最後，一人而成的究竟覺，竟是「我選擇不選擇」。

「不選擇」的真諦，不是不能選擇、不會選擇、不願選擇、不可選擇。

而是「不用選擇」。

「不用選擇」，隨心所欲，隨願而行，隨遇而安，盡皆所當——也無所謂當或不當，此所以「不（用）選擇」。

以這樣的悟知來看溫任平的〈髣髴〉，是不是會有髣髴兮若輕雲之蔽月，髣髴兮若流風之迴雪！

四、髣髴美學：
你有你的一帶一路，他有他的一帶一路

老子說：「有物混成，先天地生。寂兮寥兮，獨立而不改，周行而不殆，可以為天地母。吾不知其名，強字之曰：道。」（《老子》，第二十五章）老子又說：「孔德之容，惟道是從。道之為物，惟恍惟惚。惚兮恍兮，其中

有象。恍兮惚兮，其中有物。窈兮冥兮，其中有精。其精甚真，其中有信。自今及古，其名不去，以閱眾甫。吾何以知眾甫之狀哉？以此。」（《老子》，第二十一章）道家的老子是用「寂兮寥兮」、「惚兮恍兮」、「恍兮惚兮」、「窈兮冥兮」去形容萬物生成前的「道」的漾態，再經由這個「道」去認知萬物最初始的眾多形貌，寂寥、恍惚、窈冥，這些詞彙的意義都有深遠、幽靜、渾沌之美，這渾沌之美不就是輕雲蔽月，流風迴雪的「髣髴」嗎？

道，就是路。道路（the way）隱喻著接近真理（the truth），接近生命（the life）。基督教的耶穌說「我就是道路、真理、生命；若不藉著我，沒有人能到父那裡去。」（《聖經・約翰福音》14:6）宗教家或許可以有著這樣的信仰，文學家卻不能如此霸著「道」，不能如此「我要為你」指路、引路、帶路，以自己所行做為唯一的路。世界上所有華人所到的地方，應用華文、漢字所創作的文學，不論是菲華、馬華、越華、泰華、新華、緬華、印華……甚至於中國大陸、台港澳、美加地區、歐洲地區、澳洲地區的華人，華夏文化的沾濡者、信奉者，都不能如此指路、引路、「帶路」。我們所相信的，或許是：菲律賓這一帶有這一帶的文學路，泰國這一帶有這一帶的文學路，馬來西亞這一帶有這一帶的文學路……，若是，「一帶一路」，顯現世界各地的文學風華，也各自尊重相異的品味。

時間軸上，唐朝的禪比諸宋朝的禪有著大開大闔的氣象，宋朝的茶比諸唐朝有著潤唇潤心的氣韻，這是另一類型的一帶一路，或可修正空間的「帶」為時間的「代」，正名為「一代一路」，不必拘古、泥古，自可開出茶的新路、詩的新路。

　　若此，世華創作裡的「髣髴美學」或可得出兩條軌轍，其一是華與馬華、馬華與新華、新華與泰華……的無限繫聯之間，「不似則失其所以為詩，似則失其所以為我」（顧炎武《日知錄》），這是以「華」為根柢的繫聯，自有她五千年的文化基因、詩學素養、品味堅持，似與不似之間，「髣髴」是美。其二是「一帶一路」的規格：這一路有這一路的屬科學的現代傳播，這一帶卻也該顯現這一帶的屬人文的風土色彩，菲華必有異於越華的芒果香，越華必有異於印華的法國氣，而印華就是不想發散美加的洋涇濱、台灣的颱風眼……。這其間的異，「髣髴」有其真。有其美。

2023年10月18日

髣髴有光

國立中央大學人文藝術中心主任　李瑞騰

　　溫任平將2014年以降的詩作編成《髣髴》一書，他在信裡頭說：「這應該是弟的最後一部詩集。」看得我心驚！任平兄出生於1944年尾，所以說本集所收，全是他七十以後的作品。我一方面佩服他持續不懈的創作，另一方面也讀到人到暮年，面對時局及思潮的憂懷。

一

　　〈髣髴〉一詩收在第一輯，寫在2014年五四前夕：

> 髣髴是那個文武兼備的
> 嶺南旅客，行李裡有乾糧
> 水囊，刀首與幾冊線裝
> 塵暴颳起，篷帳晃動，狂風
> 刀子似的刮著漢子的鬍髭與大地
> 他要去北方，傾斜的北進想像
> 茶樓酒肆在世界的範圍
> 對於一個過客並無兩樣
> 都是吹著口哨走進客棧
> 不外一兩白乾送牛肉乾
> 文的搞文牘武的當守衛

髯髭——

我是被史家抹掉的南洋

　　溫任平出生馬來西亞霹靂州的怡保，祖籍廣東梅縣，一生讀中國古書，卻有現代精神，亦通西學。〈髯髭〉是一首人物詩，以第三人稱「他」敘述，從嶺南、南洋、北方、北進、大地、世界等空間詞彙看來，「他」即詩人自己；這應該是認同問題，他在南方，卻以一種「傾斜的北進想像」，「要去北方」，這註定他成為「旅客」。是「旅客」，就得帶著「行李」奔走於途，行李中就那麼簡單的備著「乾糧／水囊，刃首與幾冊線裝」，吃的喝的，是翻山越嶺之際，或前不著村後不著店的時候用的，刃首是防身的，那「幾冊線裝」呢？不就喻示他的文化身分嗎？也呼應著他的「文武兼備」；但北漂之苦還是必須忍受，當塵暴颳起，客宿的蓬帳晃動不已，狂風「刀子似的刮著漢子的鬍髭與大地」，有時即便走進客棧，用餐於茶樓酒肆，但永遠是個過客，只能吹著口哨，故作瀟灑兼壯膽，吃不到家常菜，喝不到家鄉水，而是「一兩白乾送牛肉乾」，這些都還可以忍受，只要在外漂泊，「並無兩樣」，但是啊，既是「文武兼備」，要能出將入相，為王前驅，或代君化行天下，豈料是「文的搞文牘武的當守衛」，不只是才不為世用，更嚴重的是：「我是被史家抹掉的南洋」。

　　他把「要去北方」這種蘊含理想追尋的念想與行動，說成「傾斜的北進想像」，「想像」是必然，生命的動向泰半由願景出發，能謀定而後動的人，旅程相對順暢，而「傾斜」喻示未能「謀定」，則失衡矣，前途也就多艱了。

「傾斜」可以純是視覺意象，前此的〈躁狂十四行〉：「我騎著500cc的摩托車，在鏡頭前出現／又隱去，傾斜如醉，如此反覆三四次／用手比一個V字／……」；後於此的〈移動〉：「遠處有一野鋪，都在望啦／透過望遠鏡，野鋪的店招搖晃／時而傾斜……晃動不已的／朦朦朧朧的燈籠，燭火／在入夜前燃點，……」，其中「傾斜」都是肉眼所見的狀態；晚〈移動〉一天完稿的〈傾斜〉，「車窗外的陽光／——傾斜照進」之「傾斜」，則更有「你」和「我」、現時代的「我們」和電視宮廷連續劇中的「清朝」人，乃至於清宮的人彼此「鬥爭與悲怨」的傾斜感。溫任平有一本詩集即以「傾斜」命名：「路在傾斜，樹與夢在搖晃」，大大的「傾斜」二字印在封面上，這和他的「北方想像」有關。

　　立足南洋，北方何其遼闊，但我們知道指的是中國，那個擁有十三經、諸子百家、二十五史以及漢賦、六朝駢文、唐詩、宋詞、元曲、明清小說，乃至民初五四以降應運而生新文學的中國，溫任平潛心自學，在南洋讀中國書，用現代新體詩對話歷史和文學，《髮鬚》開篇即〈光緒之死〉，接著是〈歷史研究〉，溫任平寫光緒之死，先讓被軟禁於瀛台的光緒帝喊冤自問，然後讓第二人稱「你」拿著皇帝「密詔」去找袁世凱與榮祿，在總督衙門的石階上被槍殺，背景是雪無聲的下著，「美麗的雪花鋪了一地」。溫任平沒正面考掘史料，但「密詔」和這裡出現的袁世凱與榮祿，在這場對於大清王朝影響非常巨大的宮廷鬥爭中，都很關鍵；但詩人重新想像了歷史，就像〈歷史研究〉中寫的「雨和淚在戰爭的年代／一樣血腥，

一樣分不清」，面對歷史的風風雨雨，詩人說：「我們不如拿把油紙傘／去蹓蹓戴望舒的雨巷」。

二

　　古典故實，他寫的實在夠多了，荊軻、高漸離（〈夢囈〉）；漢代名將霍去病（〈微恙〉）；水滸人物（〈水滸〉）；袁枚（〈袁枚古典散文眉批〉）；桐城文人（〈桐城速寫〉）；史記的孔子世家、伯夷列傳（〈大寒前後〉）；晚唐詩人李商隱（〈寫李商隱〉）；屈原在亞細安（〈屈原在亞細安〉）；孟浩然（〈炎夏和孟浩然〉）；漢獻帝（〈漢獻帝〉）；大宋帝國（〈悲催大宋帝國〉）；玄奘（〈玄奘烤餅〉）；紅樓夢（〈新紅樓夢〉、〈晴雯折扇〉）；王安石（〈刺王安石〉、〈臥底看王安石〉）；唐玄宗、楊貴妃（〈讀史〉）；蘇軾（〈後赤壁賦〉〈水落石出〉）；袁紹（衣冠南渡）；李賀（〈染髮入城：寫李賀〉）；蘇小小（〈蘇小小〉）；八大山人（〈八大山人〉）；康熙（〈康熙與西學〉）；呂布、貂蟬（〈呂布：我和春天有一個約會〉）；老子（〈老子一夢十年〉）等等，有的順手拈來，

　　現當代部分，出現的人物也不少：王力、趙元任、朱光潛（〈一路追去〉）；何其芳、聞一多、朱湘、胡適、徐志摩、林徽因、卞之琳、李金髮、戴望舒、紀弦、綠原、瘂弦、余光中（〈民國新詩史：奈米版〉）；何香凝、亮軒、于右任（〈與何香凝偶遇〉）；于堅（〈桐城速寫〉）；白崇禧（〈雨死在水裡〉）；陸之駿（〈與陸之駿談兩座城〉）；成思危、溫元凱（〈出席儒家思想研討會有感〉）；胡適、梅光迪（〈五四看西洋拳賽〉）；林語堂、魯迅、周作人、沈從文、張作霖（〈往事真的如煙〉）；孫文（〈傍晚偶遇孫文〉）；林連玉

（〈報販出家〉）；七等生（〈讀七等生〉）；曹禺（〈與曹禺不期而遇〉）；張大千（〈張大千〉）；陳六使（〈南洋大學〉）；經國先生（〈勤務兵〉）；楊虎城、張學良、蔣介石（〈右頰〉）；陸佑律、陸運濤（〈吉隆坡：陸佑律〉）；巴金、魯迅（〈Hallucinating〉）；方昂（〈大寒中午〉）；余光中（〈未能成詩便死去〉）；林語堂（〈林語堂的心事〉）；杜維明（〈心學：關於選舉〉）等。

非個別人物，則有：新青年（〈百年五四〉）；東方日報（〈聞東方日報即將停刊〉）；南洋大學（〈南洋大學〉）；阿飛正傳（〈紙本《阿飛正傳》〉）；新通報（〈時維四月〉）；汨羅江（〈端午〉）；蘆溝橋、豐台、宛平城、七七事變（〈北望〉）等。

古往今來，多少人、多少事，究竟都是些什麼樣的因緣才在溫任平詩中出現？整體來看，那又說明些什麼？可惜我無力也不能在這篇小文中一一探索，然用晉人陸機的話說，「觀古今於須臾，撫四海於一瞬」；「籠天地於形內，挫萬物於筆端」，那些人、那些事，都有原典，必然是他所熟悉的，從這裡可以看出他博古通今，既積學以儲寶，當詩心萌發，「寂然凝慮，思接千載；巧焉動容，視通萬里」，在詩意流動過程中，有情境相近或相類者，援引入詩，這當然是一種詩法，旨在表達情意或思想。閱讀的時候，就要找到那銜接處，有時費解難解，從前元好問談李商隱詩，說「獨恨無人作鄭箋」，就是這個道理。這方面我就不多談了，另有一種情況是，他讀到，或想到某人某事，情動於中，發言為詩。在這裡，我想談民國五四。

如所周知，五四從一個學生愛國運動而擴大發展成持續性全面性的社會及文化運動，在文學的層面將晚清以

降的語言及文體改革，推向高峰，完成中（華）文文學最初的現代化，不只中國本土，被日、英、葡殖民的台、港、澳及全球華人世界，都產生不同程度的影響，堪稱中（華）文文學的全球化。

二戰後期出生於馬來亞的溫任平，曾自修考獲英國劍橋高級文憑，並錄取為劍橋大學漢學系海外生，從1950年代後期開始寫現代新詩，二十幾歲就糾結並領導華社文青組建詩社（綠洲、天狼星），以團隊力量推動異於當時馬華詩壇以寫實為宗的現代詩，開風氣之先，以迄於今，已超過一甲子。這裡面有一種貞定的詩觀，多年前，我曾以「因情立體，即體成勢」綜論溫任平的詩，其中有這麼一段：

> 《眾生的神》的〈代自序〉以「中庸詩觀」為題，溫任平說：「我堅信無論題材本身如何的真，如果欠缺創造的善，是談不上藝術的美的」，「我堅信主題的多樣化與技巧的多變化，應可幫助我們以較多的角度詮釋這個世界」，這兩個「堅信」，用更簡單的話說，就是不偏執於某個主題，不自囿於某種形式。

他曾強調：現代主義也是寫實的，它所著重的不僅是「外在的寫實」，更重視「內在的心理的寫實」。因此，把現代主義看做是非寫實或「反寫實主義」，是完全錯誤的看法。我從1970年代中期走上現代詩文本詮釋之路，第一篇詮釋渡也的〈藤蕪〉，開篇即引溫任平〈致瘂弦書〉中的詩之詮釋論；稍後讀他的《精緻的鼎》，受益更多。對我來說，他的詩藝及詩學造詣，可以為師。和我的詩學

前輩，如余光中、瘂弦等一樣，都批判地繼承了五四以降的詩傳統。

2021年，溫任平在為《大馬詩選2.0》寫「代編者序」：〈五四百年‧詩三百篇〉，他說：「大陸詩藝出現停滯，語言欠精練，冗長瑣碎」，台灣呢？「余洛瘂楊周鄭的逝世與隱退後，市場化崇尚輕薄短小，詩出現矮化、幼稚化的現象」，馬華則處境堪憂。

溫任平也用詩表達了他的五四情懷，〈民國新詩史：奈米版〉2段27行，從胡適、何其芳到紀弦、瘂弦、余光中，總計點評了十餘位詩人，又要拉出一條史線，特別是早期詩人之於台港詩人的啟發，彷彿真有一條棉長的線牽著。

〈五四看西洋拳賽〉寫於2015年五四隔一天，說五四那一天看西洋拳王世紀之戰，竟牽引出當年胡適與梅光迪的文學語言之爭，二場世紀大戰交錯疊影，最後說「學者逝矣，拳手宣布退休／夕陽餘暉，薪火代代相傳／有人說：我的掌心仍暖」。就是這「薪傳」，化成人文，推動著歷史往前進展。

〈百年五四〉寫於2018年五四當天：

醒來發覺尿少帶黃，難免不安
陽光吶喊著闖進書房
所有的舊雜誌，都可能是
當年的《新青年》，所有的
圖片，都可能是當年的示威海報
一九一九年到二零一八年的底褲
等著檢查驗證
究竟有沒出現陽性反應

> 一粒小石，嘭一聲
> 掉進馬桶

　　溫任平病了，他在Messenger中告訴我：「我的腎臟有5粒0.34-0.96cm的石頭，膀胱的石頭1.23cm相當大，這十多年來，我一直為內器官生石、小便困難、疼痛而苦。」他把疾病「藝術化」、「昇華化」為詩，時值五四，醒來的疼痛連結了影響現代華人世界巨大的五四運動，「陽光吶喊著闖進書房」，是想曬曬書房中老舊了的《新青年》和當年那些示威海報，溫任平沒有因疾病而喪氣絕望，最後的兩句是玩笑話，以詼諧轉化疼痛，一如期待「陽光」照耀。

三

　　我因溫任平的健康而黯然。在這本詩集中，他有時只是「微恙」：

> 寧願騎射也不願染病
> 一直在等，你的音訊
> 電單車經過，在探聽
> 飆車踩響油門，如關西大漢
> 酒醉連番吆喝的聲音
> 出門上街看人看風景
> 食肆流連，努力想像自己

> 是那個不拘古法擅於長程奔襲的
> 漢代名將霍去病
>
> ──〈微恙〉

一邊是染了小病，另一邊是騎射、飆車、酒醉吆喝、流連食肆、長程奔襲等，詩人在對比二種健康狀態，期待「去病」，讓自然的生命動能自在展現。

他從小病寫到重症，〈腎石通關〉、〈腫瘤〉、〈七顆石〉等。由於醫療人文普遍受到關注，再加上醫生詩人慣常雙寫身體和國體，現代詩的疾病書寫竟也蔚然成類。不過，像溫任平這種寫法，應該不多見。

〈腎石通關〉分兩段，前段16行，後段僅2行：前段約可均分為3小段：前五行以瀑布傾瀉為喻寫排尿之苦，接著想像所結之石，以女媧所煉五色石、老眼昏花看成寶石來形容，然後回到排尿，以棧道喻尿道，將最後之血尿說成是海戰之後殺出的一條血路。後段僅2行，寫「我」如何以各種文化手段「拒絕受苦」，抵抗病痛。

〈腫瘤〉以違章建築喻腫瘤。我們知道，腫瘤是異常增生且多餘的細胞群，可以發生在任何器官或部位；其分裂和生長速度，比一般細胞快得多，且會不斷增生，影響人體正常功能。「腫」是皮膚等組織的隆起，而「瘤」，是指身體組織或器官因細胞過度增生而產生的累贅。有良性和惡性之分，惡性腫瘤即癌症。詩人以「我們」自述，將醫學說法轉化：

> 我們只是比較喜歡吃葡萄糖
> 喜歡快速新陳代謝

> 為他人作嫁衣裳
> 我們只是喜歡德里達的
> 增生與衍義，所有的data
> 都是隱喻，局部到整體
> 挖地道，儲軍糧，慢稱王
> 熬個三五載
> 把違章建築矗起

詩凡九行，可以三分：前面以兩個「我們只是」開展，旨在說明腫瘤特性，快速、增生是其重點，惟出自唐詩的「為他人作嫁衣裳」（秦韜玉〈貧女〉）和法國哲學家德里達（Jacques Derrida）出現在這裡，有點難解。最後以違章建築為喻，是說腫瘤係日漸積累而成，今天亦有違章建築是都市毒瘤的說法。

〈七顆石〉以「老人」第三人稱「他」敘述，詩分三段，前二段皆五行，為其老境，動作很清楚，重點在「遊」，在「調侃他人調侃自己」的吉他彈奏，於四更天跨過奈何橋。易言之，老人往生了，接著的第三段，有六行，應該是寫他身後了，詩是這麼寫的：

> 沒有人知道老人的體內
> 埋伏著七顆石
> 七宗原罪可以組成騎隊
> 他在街頭表演，口吐七彩的泡泡
> 眾人驚呼：
> 那是舍利，那是舍利！

把猝死街頭寫成「街頭表演」；把口吐泡泡的死狀用「七彩」形容，讓眾人驚呼「那是舍利」。「七顆石」如何引出「七宗原罪」？「七彩的泡泡」又如何引出「舍利」？「七宗原罪」本是天主教教義中對人類惡行的分類（傲慢、嫉妒、憤怒、怠惰、貪婪、暴食、色慾），「舍利」是佛家語，不無矛盾；情景原本堪憐，卻營造成這般荒誕，嘲諷意味濃厚，字裡行間存有悲憫。

四

溫任平說：「百年之後，所謂／炎黃子孫，仍舊是一群庸眾」（〈看戲〉）；這時代之「浮誇」、「險惡」、「背叛」，「嗓門大」到「出一言而天下景從／放個屁而江山轟動」（〈方向看風向〉〉）；「世界不是一夜之間敗壞／世界一個世紀以來都在敗壞」（〈敗壞〉），縱是如何的一種不滿，「這一生會過去」的（〈這一生會過去〉），他仍然期待：

> 這世界只有螢火，沒有戰火
> 這世界只有摯愛，沒有傷害
>
> ——〈黃色潛水艇〉

> 雨過天青，車子
> 開燈，把路照亮
>
> ——〈雨死在水裡〉

歷史甬道，人間行路，髣髴有光了。

推薦序
後遺民詩史的建構

國立臺灣師範大學文學院院長　須文蔚

　　八十高齡的馬華詩人溫任平（1944-），創作力豐沛，回顧近十年的詩作，集結成《髣髴》一書，充分展現了他多元的風格，孜孜不倦於題材的開拓，語言的實驗，令人讚嘆不已。

　　關心馬華詩壇的讀者，自然知道溫任平是現代主義的領航者，他自十三歲開始創作，受台灣現代詩人余光中、瘂弦與楊牧的影響，充分展現出青春的活力，早慧的他心儀浪漫主義，旋而鑽研與提倡現代主義，發表許多作品與評論，影響深遠。

　　溫任平在1973年創辦天狼星詩社，以豐沛的文學傳播能量，發行刊物，舉辦詩人大會、文學大聚會乃至於武術比賽等活動，吸引文藝愛好者加入，短短一年之內，風起雲湧，成立九個分社，遍布大馬九個城鎮。其後溫任平推動文運，參與論戰，為現代主義詩學辯論，也充分展現出關注「民國新詩」美學的一往情深。

　　在《髣髴》詩集中，可以領會溫任平與台灣詩壇千絲萬縷的脈絡與連結，尤其是〈民國新詩史：奈米版〉一詩中，他歷數五四以降的詩人，從胡適、何其芳、聞一多、朱湘、徐志摩等人作品開始評價，除了徐志摩的真摯委婉，啟發了香港的徐速與力匡外，大體詩藝都未臻顛峰。於是他說：「戴望舒／用他殘損的手掌，排闥而出／擎著

傘，用他不足一百首詩的能量／帶著大伙走進詩的小巷／
紀弦以煙斗響應，繼之於拐杖／綠原辛笛都擅於田園，牧
歌式／抒情，啟迪了，瘂弦的北方想像／余光中的江南情
結與蓮的聯想」，可見他所推崇的詩人多為現代派的，除
了綠原是七月派詩人的代表詩人，早期詩歌的童話色彩曾
引發台灣不少詩人的模仿，而溫任平版的詩歌風雲榜中，
還是以上海與台北現代派的詩人群，最具經典意義。

　　隨著視野的開拓，創作環境更加成熟，也可發現近年
來溫任平創作的風格不拘於單一美學流派，兼容並蓄，得
心應手。值得敬佩的是，溫任平書寫與推動文運的努力，
一直沒有停歇。朱崇科在〈溫任平的（文學史）措置與填
充〉一文中指出：「作為馬華文壇本土出產的集大成者，
溫任平不僅名聲在外、影響深遠（天狼星詩社教父級人物），
而且亦具有與名聲相符的豐厚產出：舉凡詩歌、評論、散
文皆有專擅，加上長期寫專欄、亦幫助別人寫序提攜後進
的不凡資歷可謂聞名遐邇。」是相當全面的評價，在網路
時代，他在馬國的《中國報》、台灣的《創世紀詩刊》、
《人間魚詩生活誌》專欄撰稿，讀者都可以透過社群媒
體，跨山越海，即時掌握詩人最新的思索。

溫任平的離散與中國性現代主義

　　閱讀溫任平並非易事，先前的評論家多以「離散」與
「中國性現代主義」兩大特色，描述他書寫的特質。台灣
讀者有必要認識馬來西亞華人的當代歷史處境，方能更理
解評論家詮釋的緣由，以及過去詮釋者的侷限。

　　溫任平的父親溫偉民是廣東梅縣人，定居馬來西亞

後，致力中文教育事業，閒暇時也傳授洪拳，允文允武。溫任平從小就耳濡目染，傳承了文化、俠氣與教育家的性格。面對1963年9月16日馬來西亞聯邦的獨立，華族作為與馬來族、印度族及原住民族等共同建立國家的一個族群，固然雀躍於新興民族國家的建立，同時也競逐於不同族群間的權力傾壓。

在溫任平青年時期，1969年五一三事件爆發，馬來西亞聯邦反對勢力在第三屆全國選舉中獲得超過半數的得票率，在吉隆坡慶祝勝利的遊行中，華人與巫統的激進黨員衝突，從街頭的互毆，演變成為流血大暴動，許多華人傷亡。巫統執政當局，藉此確立種族政治體制，次第建立一系列以馬來文及伊斯蘭文化的教育與文化政策，並陸續鋪排出偏向馬來人及原住民族特權的政治經濟制度。從馬來西亞華人的角度考察溫任平的創作，馬詠輝在《論溫任平的離散書寫》一書中就強調；「他並不像其祖輩有著原鄉家園的包袱與情感，作為馬來西亞第一代華人應該懷有一起為國家奮鬥的精神，應獻出作為國家公民的責任，可與現實狀況相反，其精神上處於自我流放和漂泊不定的情況，且不斷地眷戀中華文化，形成一種文化鄉愁的情緒。」顯然不平則鳴，自我放逐的離散情懷，中國文化的傳承，成為他抵抗現實的武器。

在現代化衝擊的年代中，溫任平並不是以落葉歸根為目標的僑民，而是落地生根在馬來西亞，思索著中國傳統文化如何能轉化出適應現實的可能性。因此黃錦樹在〈無國籍華文文學：在台馬華文學的史前史，或台灣文學史上的非台灣文學〉一文中，考察了溫任平創辦「天狼星」，取自余光中的名作，也同時繼承了余光中「新古典主義」

的現代主義美學，把文化鄉愁與浪漫情懷注入了馬華現代詩歌的發展中，也確立早期離散的中國性現代主義的特質：強調沿襲傳統古典美學，在政治經濟情勢全面馬來化的不利處境下，台灣的華僑教育、政治傾向與文化發展，都成為溫任平據以抒發海外中國人弱小處境，以及悲情生活的重要主題。

沿著黃錦樹的思緒，進一步思辨過去的評論者過度重視馬來西亞的政治環境下，溫任平同代馬華詩人倡議「中國性現代主義」，作品中流露強烈的文化鄉愁，以「離散」描述成一種文化心理傾斜。事實上，溫任平用心良苦之處，並非悲月傷秋，而是戮力以史入詩、以詩紀實、以詩為史，期待為馬來西亞華人記錄歷史。「詩史」的理念起於唐代，宇文所安（Stephen Owen）就曾指出，杜甫大量作品回應與記錄了他就重要政治歷史事件的反應，起了重要作用，因此古代讀者理解杜詩，往往會考察時事、政治和傳記背景，會開展與文史合一的方法，擴增作品的意涵，藉以理解詩人對特定歷史時刻的發言與議論。以本書同題詩作〈髣髴〉為例，溫任平就先打造了一個嶺南的儒俠形象，豪邁地讓狂風刀子似的刮著他的鬚髯與大地，讀者會望見他北上創闖蕩的心智與願望，也具備了經世濟民的本領，但在詩篇最後三行，對照出想像與現實的雙重考驗：

> 文的搞文犢武的當守衛
> 髣髴——
> 我是被史家抹掉的南洋

讀者會讓「髣髴」二字震驚，原來詩人所描述的江湖，只存在祖輩的口中與腦海中，現實的文字世界中，已經淪為「集體無意識」，南洋華人的生命經驗往往既不受到北方故土重視，更無法載入南方馬來歷史的書冊中，如此困境該如何彌補？寫作應當就成為自力救濟的課題。

　　溫任平經營的後遺民詩史，不僅僅哀嘆第一代移民所面對的不公平處境，也不限於擔憂第二代移民掙扎於在地與原鄉文化的夾縫中，誠如王德威所發展的後遺民研究架構，關注移民遷居到新國度，就必須爭取安身立命的資源，同步調努力找到和在地融合的生存模式。王德威指出：

> 在字源學裡，「遺」指的不只是「失去」或「殘遺」；也是「遺留」，是一種「饋贈」。我們必須找尋如何處理過去的文化資產的方法。這是一個非常重要的學問，也是藝術。所以後遺民來往現在和過去之間，如何與過去的各種資源、歷史、記憶，產生一個新的關係──不論是所謂一脈相承的關係，或是藕斷絲連的關係，仍然重要。老中國的影響，似乎總揮之不去。而與此同時，我們瞭解該發生過的都已經發生過了、發生完了，在移民之後，怎麼樣重新處理我們的身分問題，這是所謂的「後遺民」寫作。

　　因此，溫任平奮力的「後遺民詩史」中，以詩書寫馬來華人生存史的努力，在〈衣冠南渡〉一詩裡，既能溯源，也能道盡現實的滄桑。詩中先點出馬華作家的身世。「衣冠南渡」原指晉朝八王之亂後，士族大規模隨政權南遷，

峨冠博帶也因此渡過長江，而溫任平把族人的遷移更往前推，回溯到三國征戰中，平民百姓的倉皇播遷，從永嘉之亂、五胡亂華、八姓入閩一路往南行，從香港到福隆港後，落地生根：

> 倉皇出走，斜睨綿亙十里的殘荷
> 驚悟，我們是過河卒子
> 放下峨冠博帶，收拾細軟
> 攜帶雨具拐杖，走向南方
> 沒有回頭路

因此在馬華的文化傳承中，並非竹林七賢的風度翩翩，衣冠楚楚，而是要以一介平民與異鄉人之姿，立足於英國殖民地到新興獨立的馬來西亞，華語既是母語也是大馬憲法中保障的國語，詩人既要針砭新馬的社會現實，同時也關懷中國、台灣與香港的文明進程，詩人複雜的處境也讓作品展現了開闊的視野。顯然溫任平的「詩史」角色，讓他保有漢語詩歌抒情傳統的精神，通過美刺、比興等手法，以詩言志，不僅抒發個人情感，更闡釋馬華社群的集體情感，成就詩歌記載政治、時事與史實的功能。

放下後殖民理論的離散視角，專注在溫任平回溯古典的中國性，並不是無來由的傷感，而是試圖以花果飄零，靈根自植的意念，以詩為方法，持續建構出在南洋的新樂土，精神世界雖然面臨挑戰，但以文字建構新樂園的想像，絕不會終止。以〈宿莽詠〉為例：

詩三百，風雅頌賦比興

情愛，流離，遷徙，祭祀

在左右的夾縫中求生存

被封閉。我信宿命，相信

泛靈論與神祕主義，何況

你我有一人必然先行離去

我化身宿莽，拔其心不死

看著，辭賦在你心裡成長

詩人並不只有哀嘆現實的不義，《詩經》的美好經歷流離與搬遷，依舊會在夾縫中綻放光芒，甚至會以形上學的神祕力量，就像別名宿莽的卷施草，詩人期許自身與讀者具備旺盛的生命力，拔心不死，依舊能在荒野中蔓生天涯。

讀者有緣透過《髣髴》一書，看著溫任平從憤怒與哀愁的青年，成長為成熟而熱情的長者，他「詩史」的責任，固然如張光達在〈文學體制與六〇年代馬華現代主義：文化理論與重寫馬華文學史〉中所言：

溫任平與天狼星詩社同人等對中國傳統審美價值的形式成規汲取轉化，是對中國文化傳統的選擇性傳承，現代主義所發展出的形式成規可以挪用到以文化古典中國性為主題的作品，成為1970年代馬華文學的主要構成部分，它們在世代遺留下來的剩餘文化積澱（residual cultural formations）裡與主導馬華文學的文學形式成規的互動生產場域中形成文學的新形式。

溫任平的新形式並不以現代主義形式為限，不定於一尊，也不侷限在單一美學思潮的特質，起於現代主義，歷經寫實鄉土、後現代與後結構的衝擊，他在這本詩集中，碰觸了更多現實處境與反抗的議題。

以多重美學展現在地反抗精神

解讀溫任平作品，絕對不能侷限在「中國性」或「現代主義」的審美觀點上，如此很容易錯失了他「在地性」與「寫實」和「浪漫」的特質。在謝川成《馬來西亞天狼星詩社創辦人：溫任平作品研究》（台北：秀威，2014）一書中，就初步論證出，溫任平的認同處於灰色的認同地帶，縱使在現實環境中難以有所作為，但他不像部分的同代作家，背向本土，隱身自己的文學烏托邦中。溫任平更在第六部詩集《傾斜》序中提及，在尋求出路中，必然會出現灰色地帶：「灰色在這兒不是自貶，而是詩的題旨的『去焦點化』，不在乎世俗的是非道德判斷，甚至不在意人物與情境的虛與實。」需要注目的是，溫任平在〈風雨如晦〉中就道出自身出入在理想的烏托邦與現實的新城邦，在時代的風雨中，一度傾向打造現代主義的心靈世界，但是經歷世界粗礪的摧折，依舊堅強地歌唱：

　　　　雨從此沒停過，我們濕漉漉的
　　　　從上個世紀走進這個世紀
　　　　我們淚眼模糊用漢語
　　　　我們放下詩去寫詩
　　　　像裸身的孩子，在大雨嬉水

在大雨如注發洩成長的憂鬱
在風雨如晦吟誦自己的愛與被愛
莫待雨停，莫要驚醒
成年人也擁有的
童騃而倔強的夢

詩中「放下詩」，應當是放下曾經堅持的歌詠方式，而繼續「去寫詩」，已經有著不同的腔調，但無論如何感嘆，只要保有初心與堅強的詩情，就依舊能度過更多風雨。展讀《髪髭》一旦能夠參考張錦忠的複系統的角度，以多重美學與立場，觀察詩人多樣的文學源頭，會帶來更豐富的收穫。

　　支撐溫任平的熱情與個性張揚，遭遇挫折時能安頓自身在田園之中，以及他傳承楊牧的筆法與思索，浪漫主義應當是溫任平的祕密武器。鍾怡雯在評價溫任平最早的創作時，在〈遮蔽的抒情──論馬華詩歌的浪漫主義傳統〉一文中就點出：

> 在自許為現代主義者的溫任平身上可以看出師承楊牧的抒情與浪漫，那些對現實的無力與感傷，其實是馬華「浪漫」傳統的大規模實踐。

鍾怡雯或許僅評價了溫任平早期作品，有其獨到的眼光，提出不同於過往論者的思考。然而在這本詩集中的〈田園主義〉，反映出溫任平成熟的浪漫主義精神，他從古典詩文中田野中鞋印上的血跡與泥濘，展現出田園並不是溫柔與平和的，大自然本身就有著野性與殘酷，但在程式與現

實受挫者回到田園中，依舊能從自然風光中得到撫慰，進一步傳統文化可以更當代的面貌現身，是詩人心心念念與辯證的課題，因此當詩人發現：「知識，理論，創作，實驗／可能不如在庭院曬一天陽光／為蔬菜澆水，花綻開／就在那一瞬，兩個小童／不約而同，搓眼打呵欠」，詩人消去了火氣與急躁，更安然面對世局的變遷。

　　溫任平所嫻熟的現代主義美學，自然是這本詩選中精彩的部分，洛夫式的魔幻語言，瘂弦的內在音樂性，商禽的跳躍思考，都剪裁到溫任平的詩作中，自然地展現出高超的技藝。讓台灣讀者倍感溫暖的莫過於〈感覺〉一詩，當新年到來時，電視新聞中報導著北國的冷冽，讓詩人心中有著孤冷與空寂的感受，而當聽到播報員說：

> 他念到：「南投縣發生3.6級地震
> 5.6公里深度……台灣的心臟」
> 身子一側，抽搐墮地
> 臉上的麻雀，跳出來啄食
> 時間的碎粒

此處將臉上的雀斑，因為擔憂遠方友人遭遇地震，進而落了一地，接著臉上竟然魔幻地飛出麻雀，啄食時間中蘊藏的友情與懷想。這首詩超現實的手法，描述時間中累積起來的感受，雖然天冷，但受到「鳥群覓食的感覺」攪動、喧鬧和紛繁，更增添了新年時懷想朋友的雀躍。

　　回顧溫任平的書寫歷程，1977年是他所謂「現代文學的懷疑期」，面對華語詩壇前撲後繼攻擊現代主義，以及更高超的現實主義詩作展現。黃錦樹〈論「非詩」〉一文

就點出，溫任平與同溫層的作家，面對台灣鄉土文學的挑戰，香港本土詩學的湧現，加上題材反覆後自身動力的耗竭。溫任平也就放手撞擊現實，在較為直白與平實的敘事中，也展現出馬華社會的新興問題。例如中國崛起後，孔子學院遍布世界各國，〈出席儒家思想研討會有感〉一詩就描寫道在中國大陸和學者討論儒家的義利觀，也轉折到社會主義資本化的歷程，中國學者越來越關心股票市場，改革開放的浪潮慢慢也將從沿海北上，詩人準確掌握住中國大陸重拾儒家文化，其實是為市場經濟進取的精神背書，不得不說，真是看似尋常，其實精準與犀利。

溫任平能揉合多重美學，近來就更能不拘一格，暢所欲言。由於《髮鬚》詩集中，近年來作品的形式上以詩寫日記，主題貼近現實，固然在書寫的風格上，他堅持以「陌生的漢語」，以遠取譬，依舊採取現代派的技法與特色，而中國的經典、詩歌、小說與人物，每每能與當代的時事綰合，對比出具有歷史情懷的感嘆，也不斷扣問左翼的社會現實主義論者探詢的議題，觀點與手法多元展現，更豐富了詩集形式的多樣性。

在〈聲樂訓練〉一詩中，描寫一個左翼的老人在浴室中高歌，經歷了破四舊的革命，蹲過苦牢，一生信仰社會主義。溫任平引用了《易經》的革卦：「大人虎變，君子豹變，小人革面。」表面上描述變局中的仁人君子，敏於世局，積極革新，一般人也會順從威權，風行草偃，一改積弊，但放眼時代風雲變遷，老人在鏡中無法肯定自己是大人君子或引車賣漿之徒，一生的熱血沒有得到回饋，回音只能迴響在自己的浴室中，聞之不免惻然。這首詩如果與〈南洋大學〉一詩併讀，就更能望見這位左翼青年的

身影，南洋大學是新加坡僑領陳六使在1955年創辦的中文大學，希望保存華人文化，在崇尚英文教育的新加坡，加上當時青年不少傾向社會主義，學生運動屢屢遭到政府鎮壓，1980年併入新加坡國立大學，詩人歌詠：

> 五百二十英畝的大學校園
> 搖曳生姿的相思樹
> 一夜之間被砍伐殆盡
>
> 二十五年校史與一萬兩千名學子
> 集體記憶怎可能是廢墟

詩人漫步在「南洋大學」的舊址（今南洋理工大學）懷舊，回想起「殖民統治，英文至上主義／華文教育出來的是左傾份子／新舊政府都不允許」，自然不勝唏噓，人們熱心捐輸華教，最後還是以悲劇收場，詩末壯志未酬的陳六使現身，更添惆悵。

多語詩中蓄積反抗力量

溫任平的後遺民詩史建構中，大量以多重語言，打造他特殊的姿態，以及獨特的語言能量。史畢娃克（Gayatri C. Spivak）曾觀察後殖民地區的從屬階級言說，提出〈從屬階級能否發言？〉（*Can the Subaltern Speak?*）的疑問，她忿忿然強調從屬階級能「發聲」（talk）不代表可以「發言」（speak），因為出聲說話不代表會被重視。就如同華人作家雖然也能書寫與出版，但發聲恐怕也是徒具形式或虛弱蒼白。溫任

平在《教授等雨停：溫任平雙語詩集》一書的序言中就坦言：

> 我即使睡在巫統大廈前面，或拿著個牌子在語文出
> 版局遊行，驚動的肯定不會是文化部的官員，而是
> 大廈的保安人員。我也不相信，文化問題——尤其
> 是文化交流——可以通過flash mob或者streaking（裸
> 奔）能改變現狀。

那麼書寫要如何更有力量？雙語翻譯？或是在詩中融入更
多重的語言？這是其他華語詩人並未遭遇的困境。

　　溫任平顯然善用法國社會學家德塞托（Michel de Certeau）
所說的「日常生活中的反抗」，竭盡所能使用權宜之計，
在現存文化中存活，效仿馬華中文教育先賢林連玉與沈慕
羽的反抗，抗拒往往不等同於對立，而是要能夠將主控的
能量加以阻礙消除，透過挪用與重新使用，與原本的文化
「生存在一起」（make with），不但在不同時代，表現出不
同的創造力，還能將手邊受限的資源重新做創造性的拼湊
（bricolage），來宣示自身的能動性，使馬來西亞的華人得
以擁有難得文字居所。在詩歌的創作上，讓華語夾雜英語
與馬來語，看似只是眾聲喧嘩，其實更有著模仿（mimicry）
與擬仿（mimesis）語言，作為對抗主流掌權者的工具以及反
動的可能，動態展演各種抗議聲音。也印證過去朱崇科的
觀點，他認為溫任平意識到多元文化並存的重要性，而且
也高度關注文化內在的緊張、衝突或可能的融合。

　　溫任平在〈預感〉一詩中，展現出跨族群的關懷與同
理，詩人在奶茶店中，操著蹩腳的馬來語點餐，兩人看似
難以溝通的過程中，透露出跨語言交流的困難，但如果存

在善意時也能加以克服，詩中說：

> 他的舉止有表演性
> 他晃著頭表示都懂了有喜劇性
> 我看到傍晚的大雨對他說hujan hebat
> 他連連點頭說sangat sangat
> 也只有在人黑驟雨之際
> 兩個不同國籍的人
> 在街角的印度咖啡店的門簷
> 一起專心的，肩並肩
> 談天氣

過去的論述經常會以為溫任平使用馬來語，是表示離散處境下，不得已受到多元語言的衝擊，於詩中不得不採納了馬來語。我則相信詩人應當有其主動性，必然是懷抱著更人道主義的思維，認識社會中存在著貧窮者，雖然使用馬來語，但是並不是抗拒的對象，而是表彰一位值得交往，溝通乃至並肩的友人，混雜語言的使用有著和解的意涵。

溫任平更經常混雜華語與英語，有時候展現生活的場景，有時候包含著對於美國與英國霸權的警醒，例如以披頭四（The Beatles）著名歌曲的同名詩作〈黃色潛水艇〉（Yellow Submarine）中，期待：

> 這世界只有螢火，沒有戰火
> 這世界只有摯愛，沒有傷害

這個理想從1960年代到今天，從披頭文化到後資本社會，始終沒有改變，但我們集體想像中，如同約翰‧藍儂（John Lennon）的歌強調世界和平與愛，而真正製造戰火的卻是英美與蘇俄這些世界霸權。因此詩中英語的和平訴求，交雜在東亞人們渴望和平的呼籲中，別有諷刺的力量，也更能解釋何以詩人說：「黃色潛水艇，不是幽浮／是六十年代的蜃影」。同樣憂心軍國主義幽靈的復活，也可以參見詩集中〈雨中前去會晤夏目漱石〉一詩，作者回溯時空，和生於明治維新的風雨飄搖之際，死於第一次世界大戰烽火連天中的夏目漱石對話，兩位作家都樂於處在社會邊緣，也都共同有著反戰的主張，溫任平言志抒情有著遼闊的世界觀，值得讀者深思。

溫任平的《髣髴》作為一部馬華的後遺民詩史，核心詩藝來自嚴羽《滄浪詩話》「詩貴含蓄，忌直露」的主張，作者身處的空間在馬來西亞的華人社群中，在政治與文化弱勢的位階上，以中華傳統文化與混雜語言，建構抵抗的言說城池。期待未來讀者能夠體會到溫任平一生奉獻文學工作，在漫長與蜿蜒的道路上，遭遇了荊棘與困頓，也發現了多重的美景，讀者如能以更遼闊與更創新的角度閱讀與詮釋，當能挖掘出集體的無意識與歷史關懷。

推薦序
老靈魂與田園夢

詩人、高雄醫學大學語言與文化中心助理教授　鄭智仁

一、皺褶：南洋身分的生命歷程

　　這三年多以來，正當全世界面臨疫情蔓延的期間，讓眾生的生活著實改變了不少，而溫任平仍然持續保持一日一詩的寫作習慣，更緊接在《教授等雨停》、《傾斜》與《衣冠南渡》之後，推出了最新詩選《髮髴》，選錄自2014年到2022年間的詩作，近200首。綜觀全書，可謂溫任平近十年的詩作精選，總匯了這些年來的創作精華，多數詩篇分別自前三本詩集選錄而來，惟獨第五輯「人長久茶坊」，乃為去年（2022）完成的新作。如此編選自有其個人觀照所在，例如按照時間的進程，從各輯命名來看，由「角色扮演」、「粉墨登場」、「虛實相應」、「新版刀劍笑」、「人長久茶坊」，真是戲如人生的鋪陳，或者說是「電影詩學」的呈現。「新版刀劍笑」，帶出了個人生命與江湖人生的新體悟，也使得讀者可以沉浸在這幾年詩人寫作的心境。

　　其次，全書定題為《髮髴》，其來有自。同名詩作寫於2014年，原收錄在《傾斜》這本詩集，全詩扣緊了詩人本身的南洋身分，卻在北進裡有著過客的心態：

髣髴是那個文武兼備的
嶺南旅客，行李裡有乾糧
水囊，刃首與幾冊線裝
塵暴颳起，蓬帳晃動，狂風
刀子似的刮著漢子的鬍髭與大地
他要去北方，傾斜的北進想像
茶樓酒肆在世界的範圍
對於一個過客並無兩樣
都是吹著口哨走進客棧
不外一兩白乾送牛肉乾
文的搞文牘武的當守衛
髣髴——
我是被史家抹掉的南洋

　　髣髴不作彷彿，從字的形義上顯而易見的是具有「飄散」之感，更兼「離散」（diaspora）的惘然。當年蘇軾〈臨江仙〉有句「夜飲東坡醒復醉，歸來髣髴三更」，而溫任平化身嶺南人，髣髴若有光，指引他的是傾斜的夢，於是北進想像的舉止，髣髴「南洋」身分可以重新再現。蘇軾原詞後續則寫道：「長恨此身非我有，何時忘卻營營。夜闌風靜縠紋平。小舟從此逝，江海寄餘生。」反觀溫任平則意圖再現與攤開生命歷程中的自我認同與個人抒情。

　　近來，溫任平從「皺褶」（皺摺，fold）理論借鑒不少，「皺褶」來自德勒茲（Gilles Deleuze）的論點，其較為詳盡的理論集中在《皺褶：萊布尼茲與巴洛克》（The Fold: Leibniz and the Baroque）這本著作。萊布尼茲這位微積分的發明者，巧妙地將「微知覺」比喻為「意識的微分」，因而「知覺」呈

現為無數微知覺過渡到有意識知覺的過程。德勒茲認為，「知覺的運作活動構成了靈魂的皺褶」。因此，皺褶展開後連結了其他的皺褶。德勒茲進一步指出，「巴洛克」風格不斷生產皺褶，尤其本身不具「本質」，因而有來自各式的皺褶，例如希臘、羅馬的皺褶、古典式皺褶、哥德式的皺褶等等。因此，使其皺褶扭轉與彎曲，使它推向無限，讓皺褶摺疊著皺褶。故巴洛克風格的重點不在於如何完成一個皺褶，而是使之連續，通往無限。若將這般論點放到溫任平創作的歷程來看，便是詩人的「知覺」如何通向未知的無限。

德勒茲將「間距」（écart）作為知覺的意義，由此認為意義的產生必須要依賴於「間距」，即便是可見的意義與知覺。早前，溫任平在《傾斜》詩集便已自承：「詩創作是一種反熵行動」，並且表明「只有詩或廣義的藝術，讓我有能力超越時空的桎梏羈絆，讓我有能力在三維或是多維空間馳行無阻。」如此一來，這本《髣髴》詩選，可謂再現了溫任平這位南洋客創作歷程的幾個面向。

二、浪漫、反抗及俠義

英國早期浪漫主義曾有「湖畔派」的出現，起因於華茲華斯（William Wordsworth）、柯勒律治（Samuel Taylor Coleridge）等詩人早年居住在北部的昆布蘭湖區，散步在大自然之中，而有回歸大自然的論點。兩人也曾共同出版《抒情歌謠集》（Lyrical Ballads），其序言便宣告了浪漫主義的新詩誕生。華茲華斯在序言更特別指出：

> 詩是強烈情感的自然流露。它的起源來自於在寧靜
> 中回憶的情感。這種情感通過沉思反應直到寧靜逐
> 漸消逝，就有一種與主體沉思相似的情感逐漸產
> 生，並且確實存在於心靈之中。

詩人通過沉思而產生的情感，無疑強調了個人內心的經驗與情感的思考轉化，所謂靈感，即意味著詩人審美過程的再造。這麼一來，我們在溫任平的詩中不難感受到一種「強烈情感的自然流露」，一種浪漫主義式的精神，諸如透過日常生活的觀察，進而達到寧靜沉思的反應，尤其是對「時間」格外敏感，在溫任平先前的《傾斜》詩集，即有以「時間」為題的詩作幾近四十首。而細讀這回的《髣髴》，更能體會詩人對時間的憂愁感懷，其實頗為切合中國知識分子「感時傷逝」的心境，正如〈巳時：頓悟〉所表達出來的感受，此詩透過晨起喝水的偶發事件，在入廳之後，在近乎無聲的狀態下，揣想了一些遠近的記憶，讓緩緩喝下的白開水，像喝下七十載的跌宕風雲。

面對時間這道最難解的習題，溫任平這回再收錄之前的詩作，即有不少詩取消了時辰的入題，像〈微恙〉、〈夢囈〉、〈移動〉與〈傾斜〉、〈水滸〉等詩，例如〈微恙〉本為〈午時：微恙〉，這次詩人在詩題上動了手腳，讓詩意充滿了延宕性，無非就是將瞬間的感受提升至無止盡的永恆，意味著不再只是某個時刻的感覺而已。

其中，更值得注意的是溫任平書寫不少關於「節氣」的詩作，節氣本為古人觀察天地變化，用來反映氣候與農作物的關係。在《文心雕龍‧時序》曾提到：「故知文變染乎世情，興廢繫乎時序。」意指文學的變化會受到社會

情況的影響，其興衰與時代發展密切相關。因此，節氣詩不僅在於描繪風土人情，或感時傷逝，抑或隱喻寄託，而在溫任平的節氣詩裡，不乏這類的寫作手法，像〈小暑〉所寫的情狀：「雨灑了五分鐘即停／不遠處傳來緊急刹車聲／賣甘蔗水的街販與席捲而至的小暑／打了一個照面／即刻感到眩暈」，詩人接著敘寫：

> 溽熱會發出聲音
> 汗水決堤，冷氣機的水滴如雨
> 不應該在這一刻想念你
> 這太不詩意，這樣的天氣
> 風花雪月不如一碗蓮藕湯
> 不及一塊西瓜實際
>
> 這就是愛情
> 中國曆法第十一個節氣
> 大暑未至先中暑

　　此詩先從小暑節氣的感受進而連結到愛情去，因為情感的強烈乃有中暑之感。與之互文的是〈大暑中暑〉一詩，全詩聚焦在「大暑中暑」而有了中暑六日的情境，先描述日軍投降，側寫三面間諜的萊特（Lai Teck），再將場景轉換到後來的欽差大臣葛尼（Sir Henry Gurney）遭馬共伏擊殺害，進而緬懷致力於為海外華人爭取權益的陳禎祿（Tan Cheng Lock）。

　　溫任平的浪漫精神，頗與西方浪漫主義應和的是在寧靜裡的沉思狀態，像〈空椅〉一詩，更寫出了在如此狀態

下的省悟，而將時間拉得更遠：

> 兩張空的塑膠椅子
> 一黑一白，不是顏色的問題
> 給一男一女坐，還是給一老一少坐
> 給老人家先坐？捷足先登
> 只是時間的問題，歷史積垢
> 椅子留下斑駁，那是多少人
> 留下的佇候或者休憩的痕跡

　　不管性別或年齡，遑論誰先誰後，全在於「時間」的問題。於是，全詩最後領悟到的，不能入座的恐怕「更多的時候是／佇立如陷入沉思的木偶／靜守如忠於防護的衛戍」。坐立難安，因為不論是木偶或衛戍，皆非為自己的人生而活。

　　然而，西方浪漫主義因有反抗現代文明而回到古典主義的趨向，溫任平自然也深懷浪漫反抗的精神，但並非盲目復古而已，如讀〈袁枚古典散文眉批〉一詩便可以感受如此差異：

> 萬物有情，此情有待成追憶
> 仕途就像隨園那般隨意
> 墨瀋未乾，橫幅甫掛
> 天清月明，華燈初上
> 秀才舉人進士，名銜而已
> 局紳爵士，比一枝芹菜還要虛
> 袁枚玩尺牘遊戲，早在周夢蝶

寫悶葫蘆日記。比夏宇，更古早
不在乎不經意，聲東擊西
顛覆桐城，挑逗兩百年後的
東西方後現代主義

　　別號「隨園先生」的袁枚，乃是清朝乾隆年間進士，三十八歲便辭官歸鄉。而袁枚在文學上格外主張「駢散合一」，提倡「性靈說」，認為寫作要抒寫個人性情，要寫出詩人自己的個性，《隨園詩話》便有云：「詩不求工，而間有性靈流露處。」因此當溫任平借袁枚之口，彷彿看到了後現代的遊戲，不外就是桐城派的文學論點過於重視「文以載道」的功能，因此反不如袁枚的重視個人才情。

　　楊牧曾撰文指出浪漫主義的第四層意義，便是向權威挑戰，反抗苛政和暴力的精神。溫任平在這冊詩集正如此傳遞類似的反抗精神，並給出一種不向命運低頭的訊息，例如〈村上春樹與卡夫卡〉所寫的反抗精神，藉由村上春樹的小說，帶出了迥異於卡夫卡（Franz Kafka）《變形記》（*Die Verwandlung*）的故事情節：

村上春樹把卡夫卡帶到海邊
把他年輕化成十五歲的少年
面對三個可怕的預言
一個失去記憶的女友
一個只剩記憶的朋友

捷克籍波西米亞人卡夫卡
一輩子沒去過海，沒聽過濤聲

面對千篇一律的文牘
蝸居在保險公司的城堡
變成大甲蟲之後，家人
不認識他，討厭他，害怕他
卡夫卡更喜歡關在馬戲團
扮演絕食的頂尖藝術家

卡夫卡讀法律，可辯不過
只會責備、吝於讚美的父親
村上的卡夫卡懂得出走
叛逆，沉默，堅毅
反抗世界的橫逆
他走進森林的深處
面對另一個世界
他不願接受甲蟲的命運：
最終被家人扔的蘋果擲斃

《海邊的卡夫卡》顯然是村上春樹向其崇拜的捷克作家卡夫卡致敬的作品，而在村上的小說版本裡，特別將原先卡夫卡的小說主角從原本躲不過被家人用蘋果擲斃的荒謬命運，出現新的反轉發展，少年卡夫卡在十五歲便決定出走，去抵抗被詛咒的命運。詩人甚至將焦點圍繞在作者的立場，眾所皆知，卡夫卡與父親的關係緊張且複雜。由此可以看出，溫任平在詩裡行間傳達的反抗意識，無疑就是看穿了村上春樹藉由卡夫卡出走，刻劃與命運搏鬥的自我探索。

反抗，無非是掙脫舊有體制的桎梏，或像〈看戲〉所

體悟到的反思，溫任平借看戲的氛圍，走進一場現代史的電影情境，「百年電影，從啞劇定軍山開始／從黑白到伊士曼七彩／一九零六年魯迅從幻燈片，看到／中國人被斬首，同胞圍觀／無動於衷。百年之後，所謂／炎黃子孫，仍舊是一群庸眾」，說到底，這恨鐵不成鋼宛如魯迅的心境，不如說是溫任平的俠義心腸，路見不平，拔刀不只相助，更多時候讓讀者了然於心的是，詩人如何探照這個世界的不公不義，本詩集第四、五輯，多首詩作叩問人間公義，如「世界不是一夜之間敗壞／世界一個世紀以來都在敗壞」（〈敗壞〉），或〈勸告〉裡的政治反諷，引人深思：

庸人自擾不宜煩惱
可以選擇少思考多睡覺
可以選擇少睡覺跟著新聞跑
在電視上看到聚集，聽到口號
不宜好奇，不宜伸出頭去

停在門口的官車剛剛開走
鎮暴警察部隊迅速趕到

江湖的恩怨情仇，難以釐清，溫任平詩中有話，其意或在於此。

　　大疫之年，各國百姓為了抵禦病毒，排隊搶打疫苗的情況層出不窮，為此詩人的俠義精神也因此有所發揮，正如〈疫苗消費〉所作的諷謔，當準備要打第三劑的同時：「心情特好，他比誰都快／夏天才開始，秋天還沒影

子／他已經坐擁疫苗第十劑」。但這一年多以來，小至病毒，大至戰爭，莫不侵擾著眾生，尤有甚者，是俄烏戰爭的爆發，詩人即有多首諷刺或反映戰爭的詩作，進而關懷處於弱勢的百姓或士兵，甚而流露了悲憫的情懷，如〈春天的問題〉寫難民的處境，「那兒的難民走在人道走廊／他們是在告別，還是在等待？／他們是在離開，還是在回來？」或如〈寂寞詮釋〉加以凸顯了這種困境：

　　　　這就是愛國，它像愛情
　　　　說親近就有多親近
　　　　說疏離就有多疏離
　　　　一葉浮萍更像它的定義

　　　　我是戰俘也是囚徒
　　　　國與國之間的換囚安排
　　　　輪不到我，我交出自己
　　　　怎麼可能又收回自己？

　　　　逼擊炮比風雷燥進
　　　　比紛飛的彈殼熱情
　　　　子彈上膛幾秒鐘的專注
　　　　與慴人心魄的寧靜
　　　　──這就是寂寞

　　愛國猶如愛情，關係有時親近有時疏離，但交出自己之後，卻只剩寂寞相伴。另一首〈歿前〉則寫一個在戰時醫院的上尉，從他的角度看出戰爭給人的無情與無力感：

看到最多
掛著繃帶的四肢，頭顱，血液
乾了留下的瘀紅，急縫數十針
他清醒了，但是沒有人知道
他身上帶著戰地的重要機密
捱了半小時，在失語中睡去

由此我們感受到溫任平的浪漫、反抗，還帶著俠義精神，無論題材或對這個世界秩序的疑惑，都有他一貫抒情的情懷。

三、老靈魂：文化遺民

溫任平生長於馬來西亞怡保市，為馬來西亞天狼星詩社創辦人，捧讀溫任平的詩作，不難體會其詩裡行間湧現文化的鄉愁，〈衣冠南渡〉可謂道盡了箇中滋味：

我們的後代子孫就得在哪兒繁衍
倉皇出走，斜睨綿亙十里的殘荷
驚悟，我們是過河卒子
放下峨冠博帶，收拾細軟
攜帶雨具拐杖，走向南方
沒有回頭路

無路可走，無家可歸，畢竟關涉的是華人的「原鄉」，而離散海外彷彿成為一種「文化遺民」，畢竟溫任平曾說過：「至於中國歷史，歷史人物的懷念，典故與想像的衍

伸，純粹是個人的偏嗜。古典與現代交融，應該不僅僅是語言的，也是文化歷史的參照混揉。一些人物與軼事自然會走進我的詩裡。」

我以為溫任平借「古典」還魂，確實會讓人想到德希達的（Jacques Derrida）的「魂在論」（hauntology），正是說明了這種幽靈（specter）徘徊不散的文化崇拜。德希達發覺馬克思主義式微後，但馬克思的幽靈不散，而從莎士比亞劇作《哈姆雷特》（Hamlet）所經歷的幽靈感受，進一步理出「所有的一切都是從一個幽靈顯形開始的」觀點。恰巧王德威的「後遺民」觀點可作為補充：「既然時間的軌跡已經錯亂，記憶的方法已經開放，那麼後遺民所經歷的失落感覺，以及難以割捨的愛憎，就不再為制式思維所限制，而可以成為一種無限衍異的負擔或陷溺——一如幽靈的魅惑。」而對於祖籍廣東梅縣的溫任平來說，面對來自僑鄉的祖父執輩，自然懷有嚮往中國深厚的文化情誼。如此對照溫任平的北進想像，其實正是這種老靈魂的姿態，我們不妨從〈從南洋到南洋〉這首詩來看其憂心忡忡的心境：

　　　南渡之後，衣冠晾在群組
　　　一隻鞋子丟失在九龍
　　　另一隻扔在香港
　　　華文線裝，古都西安
　　　簡體繁體的漢字全在裡面
　　　南洋子弟，今日的七旬老人
　　　站在柔佛海峽的對岸
　　　極目瀟湘，目睹，見證了
　　　烏鵲南飛，繞樹三匝

尋求認同，尋找歸宿
西方的旌旗過處
南方葉子紛紛跪安

　　從西安到香港九龍，再到柔佛海峽，南渡的是群體的身分，但南洋子弟的個人認同，彷彿像曹操吟詠〈短歌行〉一樣，需要找到志同道合的歸宿，尤其在西方文明高舉旌旗過後，任誰再也無法與之對抗。

　　如此一來，溫任平當然顯得格外焦慮，因而在近來的詩作之中，有幾組文化符碼的指涉尤為顯著，其一是五四，相關的詩例則有〈五四看西洋拳賽〉，藉由觀看兩位拳王爭鬥，聯想到當年胡適與梅光迪的論戰，因而帶有感慨與自我期許：「學者逝矣，拳手宣布退休／夕陽餘暉，薪火代代相傳／有人說：我的掌心仍暖」，最後將自身引入文化聖火的傳遞行列。其他還有〈百年五四〉、〈五四炒滑蛋荷〉兩首詩作，藉由五四的緬懷，帶出個人的生活感受，彷彿這天的到來事不關己，但巧妙連結為「為佐五四，多加粒蛋」，最後「一句話，唔使死！」以諧音雙關完美收官，更是傳達了個人對這一天的特殊感觸。

　　而五四意謂著新文化運動，亦帶來了新詩的誕生，或如〈民國新詩史：奈米版〉一詩所見，溫任平藉由自身接觸的民國新詩史，將個人置入到這個文化脈絡，儘管奈米雖小，但猶可管窺溫任平讀詩的譜系，從新月派到現代派、九葉派，再到余光中，乃至於後期的楊牧，皆對他的詩觀或創作有或多或少的影響。

　　再延伸來看，中國古代文學的象徵符碼，像一些經典或代表作家，便是詩人深層眷戀的投射，例如〈屈原在亞

細安〉寫出了在東南亞一帶，華文文學逐漸沒落，因而深有感慨，尤其端午不再放假慶祝，不再紀念屈原的龍舟競賽，不食粽子，連老師便當裝的都是白飯，屈原只是一幅畫像而已，對學生來說已不太有關聯，故最後詩句寫出：「在南方成了泡沫／成了亞細安諸國華文科／零零散散的片斷」，便是溫任平這位老靈魂的文化焦慮，這方面可見謝川成專文論述溫任平的〈屈原情意結〉。另一首〈端午〉則寫出：「楚天遼闊的大地上／縞葉般枯病水淹／最後被扒開，裡面／只有幾粒天花梅豆／配一薄片藕色豬肉」，無疑就是古今對照下的張力反差，與其說是緬懷原鄉，不如說整個文化圖騰已然烙印於溫任平的胸懷。

再看〈出席儒家思想研討會有感〉這一首詩，亦是道盡了今非昔比的深切感觸，溫任平在2007年出席中國舉辦的第四屆「國際儒學論壇」，是屆研討主題為「儒家文化與經濟發展」，並發表了〈二元互補的儒家義利觀與市場經濟〉一文，因此本詩即為參與該次論壇之後的感受：

> 我是來自大馬的子貢
> 提呈論文，敲打儒家的義利觀
> 還未赴京，即飛鴿傳書
> 印證於成思危、溫元凱
> 上證指數二千六百點可掃貨，去年九月
> 杭州友人目睹上證正全力北進
> 我們四人，坐在西湖第一廳
> 吃驚的見證方圓一里荷花倏地落盡
> 我跳上馬車，漏夜趕回
> 北京，快馬加鞭，衝進機場

買到六包價格稍貴的藕粉

　　全詩可見詩人頗以孔門得意的弟子子貢來自我期許，雖能言善道，善於雄辯，然而來到中國論學，一路見識到的卻是經濟快速發展，眾生追逐上證指數的飆漲。如今荷花落盡，以致藕粉稍貴，不啻指出了資本主義帶來文化層面的隱憂，儒家精神儼然受到極大的考驗。

　　溫任平對中華文化經典的愛不釋手，不僅引經據典而已，甚至是四大小說的涉獵，包括《三國演義》、《水滸傳》、《西遊記》與《紅樓夢》，皆在這本詩選的相關詩作中出現，如〈呂布：我和春天有一個約會〉、〈水滸〉、〈玄奘烤餅〉、〈新紅樓夢〉與〈晴雯折扇〉等等。非但如此，連〈白日聊齋〉也是借《聊齋誌異》之名義而有所援用，反映了溫任平對經典小說的眷愛。

　　至於另一組文化符碼，則可以瞧見溫任平頻頻讓各個歷史人物粉墨登場，或借用其口，說出文化眷戀的底蘊，例如〈懷李商隱〉一詩，是如何加以形塑李商隱的形象特質，既沒有初唐的朝氣，也無盛唐的霸氣或中唐的穩安，卻是獨特的存在。除此之外，〈刺王安石〉與〈臥底看王安石〉兩首詩作亦可見箇中玩味。王安石於宋神宗當朝任職宰相，其熙寧變法的改革，褒貶不一，更引發了新舊黨爭。而溫任平在詩中特別以虛構的事件，從臥底和刺客的立場去凝視王安石，不從歷史評斷來說，而為他的新法折服，為其幫助蘇軾辯誣而憬悟，顯然別具創意，畢竟詩人自己也曾說過：「一定要有皺摺的自覺，詩人才不致沉溺於套路，自我複製。」

　　此外，像〈微恙〉一詩，則從電單車來想像自己是

不拘古法而擅於長程奔襲的漢代名將霍去病，呈顯出有趣的古今穿插對照。因此，在這些歷史人物之中，溫任平的擇取或運用代言體來寫作，某種程度上就如同歷史學家海登・懷特（Hayden White）提醒我們的觀點：「多數的歷史片斷可以用許多不同的方法來編織故事，以便提供關於事件的不同解釋和予事件的不同意義。」海登・懷特意在指出：「歷史敘事並不再現它所描述的事件，它告訴我們如何思考事件，賦予我們對這些事件的思考以不同的情感價值。」

由此觀之，當溫任平在詩裡寫了漢獻帝，寫了光緒之死，而這些詩作的意圖本就不在如何翻案，倒是提供了文化情感的聯繫。在這些末世皇帝的景象裡，恍如隔世，無不觸動著溫任平的心情，畢竟亡國亂象，意謂著文化的衰敗，更多的是無可奈何，「美麗的雪花鋪了一地」，正如〈悲催大宋帝國〉哀慟陸秀夫抱著八歲小皇帝投海溺死。昔者已矣，眼前的遺跡仍有待來者可追，於是〈桐城速寫〉正投射了這般懷舊的意境：

> 導遊用大聲公
> 通知文化考察團，桐城在望
> 我們懂得最多的是湘軍的
> 曾國藩，他的門生李鴻章
> 還有暴躁的左宗棠
> 我們在桐城文廟講現代文學
> 在方苞、劉大櫆、姚鼐的畫像前鞠躬如也──
>
> 然後在六尺巷

通過麥克風朗誦于堅的車過黃河

在竹湖看著雁群與時間齊齊飛過

　　速寫亦即匆匆行過，每瞥一眼彷彿歷歷在目，足證溫任平體內的老靈魂仍有其執著之處，果真像〈治喪委員會〉所寫，隱約帶有徒然傷逝之感，世代逐漸交替，「先賢先烈都是詩人，軀體腐朽／精神不曾腐爛。治喪委員會議／討論如何處理這些老靈魂」。只是時間一再流逝，還有多少眷戀中華文化的老靈魂？

四、電影詩學的時間性

　　溫任平在評介駱俊廷詩集時，曾評論所謂的「久暫詩學」，認為「在久暫之間踟躕，體驗人間的靜寂靜態，觀察世間的動姿動態，竊以為無論動靜久暫，皆不妨考量書法的篆隸真行草，皴染幅度尤需留意意趣的拿捏。」我以為由久而暫之間，溫任平在詩的「時間性」上呈現了所謂「電影詩學」的張力，尤其透過鏡頭語言的捕捉，讓文字在景框內外遊走，無不有聚焦或反諷的效果。

　　上一本詩集《衣冠南渡》即有相當多篇以電影片名入題的詩作，寫作上採取類似情節的絯排，或人物對話的帶入。到了這回《髣髴》，溫任平顯然重視鏡頭語言與詩的結合，例如〈立冬的詩：冷〉一詩，詩人以鏡頭對焦ABCT四個人物代號，原來彼此互不關聯，卻在立冬的日子裡做了一些事情，但整體的氛圍是呼應了詩題的「冷」，這在在展現了溫任平所嫻熟的「電影詩學」技巧。早年溫任平深受蘇聯導演艾森斯坦（Sergei Eisenstein）的

影響，並閱讀了不少他的著作，自然熟稔蒙太奇（montage）理論，1972年溫任平即已寫下〈電影技巧在中國現代詩的運用〉一文。而關於電影技巧部分，尤其是詩中經常使用「蒙太奇」的跳接效果，乃是透過意象鏡頭，因此也有所謂的「平行蒙太奇」，一先一後，並採用對照的方式，於是諷刺或加強效果就出來。再如以下的詩句亦有類似的效應，「我一生追求亮麗／像一株，每天愚駭的／嚮往陽光的樹」（〈大雪來得正是時候〉）。

其他像〈昨日小寒〉這首詩作，全詩開頭描述在一個不穩定的氣候，滿山遍野都是迷途的羔羊，緊接著畫面帶到了安靜的社區邊緣，特寫一位老人坐在公園的雙人石椅，卻突然之間，「他一恍神站起來，張臂擁抱／向他奔跑過來的童年」。看似表面刻劃獨居老人，事實上其張臂擁抱童年，卻是一種諷刺冷漠現實的手法。然而，小寒是一年之中最寒冷的節氣，自此進入低溫的日子，故此處便讓我們瞧見詩人如何傳達了一種悲天憫人的情懷。

而另一首〈大寒前後〉，則宛如電影般的意境，此詩首節先是寫了昨日大雨傾盆，街道盡濕，於是衝進一家咖啡廳去會晤司馬遷，去辯解《史記》的體例，與思考〈伯夷列傳〉的無怨之說。到了第二節，則寫到了今日感悟到「一群儒家漂鳥，自此／從大東北向南方遷徙」，全詩的時空置換，猶如平行時空的交錯，大寒乃是最後一個節氣，宛如一個吟遊詩人的表述：「今日大寒，我的袖子曳地／攜著文化扶著歷史／在下雨的巷弄前行，步履維艱」。

溫任平有時採取類似後現代的「戲仿」（parody）手法，誠如李歐塔（Jean-Francois Lyotard）針對後現代狀況所提倡的

論點：「不斷地發明句式、詞彙和意義，這在言語層面促進了語言的發展，並且帶來了更巨大的快樂。」戲仿無疑是另一種致敬或嘲諷，例如〈楓橋再泊〉，必定是關於張繼〈楓橋夜泊〉的後設創作，最要緊的是如何再造？大詩人如洛夫與余光中，都曾為讀者展現了解構唐詩的神技。而溫任平同樣站在後現代的立場，先以「淡出」效果調暗了全詩氛圍：

> 月落烏啼，在船上沉沉睡去
> 我為何來此？為誰停留？
> 將往何處？醒來發現
> 日誌上沒有片言隻語

接著再以「淡入」手法，讓燈火聚焦，鏡頭拉近，一場爭鬥如在眼前：

> 江楓漁火閃閃爍爍
> 打著旗語，蘊釀殺機
> 寒山古寺，躲著我的仇家
> 還是藏匿著我的徒眾？
> 三更時分，暝色如墨
> 分不清敵我，揮劍向前
> 竟擋不住迎面而來
> 排山倒海的鐘聲

彷若超現實的場面調度，此處漁火閃爍不再使人難眠，反致引來了殺機，再透過聽覺的轉換，呈現了「排山倒

海」而來的鐘聲，畢竟這鐘聲響徹了千年，自唐而宋而元而明清，豈能招架得住？鐘聲的震懾感，讓人聯想到楊牧〈介殼蟲〉也寫過的詩句：「我駐足，聽到鐘聲成排越過／頭頂飛去又被——震回」，在溫任平的詩中，是一種顫慄的表現。

再如〈雛菊〉此詩所運用到電影手法，更傳達了一種「蒙太奇」式的跳接，予人更為深層的聯想：

　　在邊界躑躅，鐵道邊緣
　　總有些散落的雛菊
　　後來我和小同伴有了腳踏車
　　顛簸在鐵軌旁的碎石
　　看荒野的流浪漢，坐在暮色
　　叼著一根煙，數著分秒
　　他盯著地上的泥濘，把時間
　　分成東、東南、西、西北
　　四個戰區

　　（以上是一部黑色喜劇的場景）

　　電影用比坦克淡一些的色調
　　陰鬱灰暗，波蘭一帶的伏兵
　　用電腦處理，每個人的樣貌
　　不一樣、其實都一樣
　　混淆AI辨識，保護
　　演員與工作人員安全領飯盒

詩人主要採取鏡頭語言來架構畫面，並透過「雛菊」這個純真意象，從邊界的鐵道速寫一個流浪漢，再轉換到波蘭邊界，帶出每個人的樣貌（命運）都一樣，因此從黑色喜劇過渡到一齣黑色的戰爭悲劇，這種跳接的轉場，便給人暗示的聯想。由此觀之，細究溫任平的詩作結構，往往一邊是透過日常自然的景象，在寧靜的瞬刻或相似的情境之下，則會產生另一層次的感觸，因而既是浪漫主義式，且具有電影詩學的況味。

　　就像〈棋局〉一詩，這一年多來因為俄烏戰爭帶來了國際間風雲詭譎的局面，溫任平接連寫了〈春天的問題〉、〈烏克蘭下雪〉、〈夜讀滿文〉與〈閱兵〉等詩作，不僅意有所指，更像是一場場電影畫面的跳接展現，而從自己的立場去感受，如描寫普京的閱兵，輪到自己則是「坐在公園的長椅上／瀏覽手機上的訊息／一隻鳥掠過，口啣葉屑」。或如〈無人機〉一詩，看似描寫戰爭，實則是關於自己肉體的疼痛，以無人機器的偵測表示，「AI告訴系統，此人混身上下／沒核設施並非軍火庫」。

　　而溫任平詩中的久，如同歷史的悠久，有時是一種「定格」的展現，猶如〈新紅樓夢〉的雙重視域融合，詩人化身寶玉，除了寫出了自身的「紅樓夢」，更讓鏡頭帶出永遠固定的畫面：

　　　　帶上墨鏡，我便去到未來
　　　　鬢鬘分兩邊，我便是寶玉
　　　　歷史我看透，情愛
　　　　令我消瘦，在紅樓
　　　　打開向西的窗

　　你會看到，永遠燦爛的夕陽

　　晴雯在雨前的晴天刺繡

　　實釘頭上的釘全不見了

　　我在等襲人，她打了人

　　有時，相對於永恆，溫任平更注意到短暫的片刻，例
如在王家衛電影《阿飛正傳》最後露臉二分半的梁朝偉，
為此詩人寫下〈三分鐘的阿飛：梁朝偉〉。更進一步而
言，《阿飛正傳》顯然是溫任平喜愛的華語電影之一，共
為此寫了三首相關詩作，這部電影情節中有所謂「一分鐘
朋友」，那是當阿飛對著蘇麗珍說著：「現在開始我們就
是一分鐘的朋友，這是事實，你改變不了，因為已經過去
了。我明天會再來。」此外，「無腳鳥」的象徵，更在溫
任平的詩中起了某種隱喻的作用。我以為阿飛種種情感的
失落，甚至是尋根的過程，在〈紙本《阿飛正傳》〉這首
詩裡，溫任平有了新的詮釋，諸如寫道：「我只想在高空
做夢和休息」、「她滿足了，我卻永遠匱乏／每次她笑的
時候我都哭著離開／這次我笑著離開讓她嘗嘗／什麼叫放
棄，什麼叫拋棄」，對照電影情節中阿飛尋母的失落，毋
寧是一場對人生意義的探索之旅，而溫任平的無根鳥，匱
乏的是斷了親生母體的臍帶，自此只能長時間尋找自由的
方向。

五、極簡：現代田園精神

　　溫任平熟諳西方各種文學理論，不僅博通多聞，筆
觸亦時常雜揉中西詩學的創作理念，因此在他的詩創作

上，愈到後期，愈可見留白處，且有餘韻可供回味，無疑帶給讀者更多的填補空間，尤其在短詩中覓得極簡主義（Minimalism）的精髓，也是一種Minimal Art，簡化生活，專注於真正重要的事物，特別是溫任平在疫情期間仍然持續「每日一詩」的寫作，正吻合如此姿態。

然而，不能忽視的是溫任平深懷文化歸宿的想像，推向極致就是寫作的桃花源，正如〈IMAGINE〉一詩所傳達的意涵，此詩先是引用約翰・藍儂的同名歌曲，繼而用上了其中的一段歌詞：「You may say I'm a dreamer. But I'm not the only one / I hope some day you'll join us. And the world will be as one」，訴說人人都可以是夢想家，不必探問，儘管加入。無奈老成凋零，因此溫任平在詩裡行間道盡了多少華裔老人心中的夢想：

想像：每個華裔老人的夢裡
住著一座舊金山
想像：每個華人搭快鐵
去茶樓吃點心叉燒包
想像：每個人都愛惜自己
火車開動，它咳嗽著
走過四分之三個世紀

想像：每個華裔老人的心裡
都掛著清明上河圖
記掛著汴梁汴河兩岸盛況
各行各業，各行其是
橋樑垛牆都仰面向上

> 一百七十棵樹都曬著煦陽
>
> 八百多人，每個人都忙

　　綜觀全詩，採雙節結構來扣緊「想像」二字，究竟每個華裔老人心底所想的，不盡相同，但溫任平透過這般小敘述，無非緬懷那些清明上河圖的盛世，寄望在繁忙的日常裡，還能作作夢。

　　前述提及，溫任平本具有浪漫精神，不僅向大自然靠攏，且有強烈情感的自然流露，在寧靜中衍生回憶的情感，這種浪漫一再形塑了某種嚮往，一種以文化遺民自居的老靈魂，而愈往現實去，反倒愈走不進所熱愛的世界，深情召喚必須面對的是胸口鬱積的塊磊，例如在生日這天所寫的〈十二月十五日正午有詩〉，便以古今視域的交錯對照，來反映自身錯亂的處境：

> 一生功過在文字
>
> 龜蛇鎖大江，三渡黃河
>
> 一鷺獨立沙洲，雀鳥
>
> 遍布上下游
>
> 老兵不死，將軍凋零
>
> 笑談風月，不碰杯觥
>
> 在股市現實主義
>
> 在書齋現代主義

　　詩裡行間透漏的文字是嚮往以前的古典主義，老兵儘管不死，卻已逐漸年華老去。面對外在的現實，股市意謂謀生的經濟，內心憧憬著仍是窩在書齋寫作的時光，故婉

轉地表達現代主義式的疏離感。又如〈田園主義〉一詩，頗能映照溫任平最深處的思想意識，此詩一開始先是細訴中國知識分子如何嚮往田園，「說明了何以田野、田徑、田畦／有那麼多的鞋印」，接著筆鋒一轉，而對現實有所批判：

> 鞋印不能反映，對理想的專注與忠誠
> 除非鞋子沾有擦傷的血跡與泥濘
> 同時凸顯了鞋性與鞋的黨性
>
> 穿竹筒褲，像鷺鷥，予人能捕魚的印象
> 一直懷疑天使，但又相信天使的存在
> 時常彎腰，伸展雙臂，練習飛翔，等待飛翔
> 八段錦就足夠了，不必滑冰，不必衝浪

　　鞋印不代表曾經走過真正的田園，也或許是缺席的證明，儼然反映了追逐理想必要的悲壯與淒美，眼看君父的城邦式微，如今某些鞋性只懂識時務為俊傑，實則道出了自己的心態，從而表明他的後見之明：

> 考慮放下弟子規，論語也不全對
> 讀杜維明的英文論著，無礙中華性
> 弦理論提出吹響法國號，引起周邊的氣流騷動
> 構成各自的模式。超弦理論視不確定
> 為真正的宇宙隨機，這有道理
>
> 知識，理論，創作，實驗

可能不如在庭院曬一天陽光

為蔬菜澆水，花綻開

就在那一瞬，兩個小童

不約而同，搓眼打呵欠

　　陶淵明的詩句說道：「問君何能爾，心遠地自偏」，在這靈光消逝的年代，大量機械複製的工藝時代，牽一髮動全身的時候，規避瑣碎的知識或理論，隨機運轉，曬一天陽光，為花草澆個水，也是一幅田園景象。至此，不難看出溫任平嚮往的「灰色地帶」（〈棋局〉），在黑白分明的棋局中，「田園」方是最深沉的夢，仍然長相左右，伴隨他錯過年輕的腳印，正如〈十月八日留言〉所述：「低窪處我看到孩子的腳印／再過去便是輕快鐵了／人們魚貫而入，魚貫而出／神情木然，步伐迅速／我曾經是搭上反方向／從這一站一直錯到最後一站的人」。

　　這種烏托邦（utopia）意識，可借用李維史陀（Claude Lévi-Strauss）在《結構人類學》（Anthropologie Structurale）的觀點所述：「在工業化的文明社會中，已經再也沒有虛構神話的可能了。只有在人的內心世界例外。」當馬來西亞邁入現代化之後，詩人又被迫面對都市發展起來的文明，原鄉與家鄉的雙重失落，往往身不由己，而只能選擇另一種放逐，或自我流放，便是遁入自身內心的桃花源，彷彿若有光，自由地穿梭過去與未來，拒絕被物質主義馴化，才得以抵禦外在殘缺醜陋的世界。

　　此外，果如〈風雨如晦〉所言：「我們去那兒找你／在反烏托邦的世界，去尋找／烏托邦，何如建立自己的城邦／夏天可消暑，冬日可禦寒／少年辭我，廿五載竟無人

提得起」，不妨視作溫任平所想像的國度，究竟會是何種景況？當整個世界邁向新世紀，詩人依線索找尋「似曾相識」的感覺，或如〈Déjà vu〉寫的意涵：「我願意用一生去聆聽／雨打花草樹木的天籟」，或許在中年過後，退休之際，溫任平逐步採取「一蓑煙雨任平生」的心態，憑著記憶在自己的詩國度裡晴耕雨讀，蟄居在想像廣袤的田野。

這讓人想到貝多芬（Ludwig Van Beethoven）的第六號交響曲《田園》，從第一樂章到第五樂章，表達了對大自然無限的愛與感激，貝多芬在譜頁上就曾明確表示：「《田園》交響曲不是繪畫，而是表達鄉間的樂趣在人心裡所引起的感受。」聆聽貝多芬的《田園》，從首章描述到達鄉間時，晴朗感覺的甦醒，接著是小溪畔的場景，再來是農夫愉快的聚會，然後是暴風雨，最後是牧童之歌，充滿感恩的心情。在這一層次上，細讀溫任平的《髣髴》，同樣也分成五輯，尤其在歷經人生暴風雨之後的寧靜，已然嚮往極簡的生活，或處於一種笑傲江湖的姿態，如〈新版刀劍笑〉道盡「落葉歸根，哪裡有根？」的想望，也自嘲「他活了七十六載，找不到一個子弟／笑談渴飲匈奴血，啊，是冬天的雪」。如果〈身世〉裡的追憶，將人生各個歷程倒帶，彷彿看見詩人逐漸失去了什麼，無論失去笑容，還是要跨過層層語言的巴別塔，最終感慨「洪水退去，彩虹在哪裡」，而「彩虹」終究是最美好的夢，也是最難以到達的地方，就如〈花開花落〉所言：「他趺坐在一地的紅色泡沫／據說這樣的堅持會讓人看到彩虹／他不信，他寧可相信自己在做夢」。

另一方面，〈雪花飛颺〉倒是鋪陳了溫任平筆下所構築的精神世界，在時間的隙縫裡，不足為外人道也：

在不遠處的時間隙縫，埋伏著
一枝長槍，準星在我的
童年、少壯、中晚年之間游移
我的後面是圖書館，再往後是
寺廟，側旁是道觀，稍遠是
更大的圖書館。

這是我所有的據點
我不能透露我的所在地
不能吱聲，拼命按捺要衝出的
衝動，我不知狙擊者
還剩多少耐心，我知道
他的子彈即將用盡

　　與永恆拔河，但時間這個狙擊手無處不在，身邊多少人──倒下，縱使年齡使然，無法再回到從前，反而溫任平並不刻意渲染科幻等超自然現象，說到底仍有一點現實主義的味道。陶淵明躬耕田園，體現他的自然之道。而溫任平晚近頻繁在咖啡館裡筆耕寫作，或許這是「我在城裡唯一的道觀」，在塵世裡修行，儘管嚮往寧靜的一方樂土，「把道觀的裡裡外外打掃乾淨／無法掃除的是那一小方紅塵」（〈紅塵堪刮〉），到頭來溫任平仍是有「情」的。

　　不能忘情，卻也無法擺脫紅塵的喧嚷，更多時候，溫任平的傷逝，開始有了影影綽綽的幽魅，或感傷朋友的離去，或憂懷時不我予，或渴望現世的超越，像〈讀史：輕觸〉一詩，就有不如歸去，而返回到亙古的朝代：

不如回去殷商
學習醫學、學習頭盔製作
學習各種盤髮的造型
還有，學習怎樣造船
讓二萬士農工商
在公元前一千三百年
渡過黃河定都於殷
栽根於今日河南安陽

然而，溫任平意不在仿古，而是穿梭歷史自如，他不必有
大河敘事，卻可讓讀者感受到極簡的田園精神。

　　艾略特（T. S. Eliot）曾說過「歷史意識」是「任何在二
十五歲以後仍舊盼望繼續寫詩的人所不可或缺的條件」，
意思是除了要透視過去，還能延續到現在的「具現」，溫
任平的最新詩集《髣髴》除了延續他一貫浪漫反抗的美學
風格，人過了中年以後，揮之不去的歷史文化憂愁，讓溫
任平將自己置入於詩學傳統的洪流，且構築了相對於年輕
詩人來說更為濃稠的詩意，氣韻生動的修辭，並添加了老
靈魂的凝視。這其間粉墨登場，看盡紅塵多少逢場作戲，
唯溫任平保有他的真性情，《髣髴》就是為自身寫詩歷程
獻上一次最深情的巡禮。

溫任平的蛻變詩學

國立政治大學哲學系博士生　駱俊廷

一、溫任平印象

　　溫任平對我輩（90後的所謂文青而言）可說是一個既熟悉又陌生的人物，一方面，我們不難在任何現有的馬華文學史中找到有關天狼星的傳奇事蹟、眾人「熟悉得不能再熟悉」的恩怨情仇，外界「遠近高低」所形構出的「溫任平印象」也常讓人望而卻步；另一方面，對於在臉書各大現代詩群組（新詩路，詩人俱樂部等）發表大作的詩人而言，這一身分地位皆屬教父級的前輩卻一點都不讓人覺得陌生，他時常下場「踢球」：評詩，教詩，寫詩，樂此不疲。如此努力不懈地寫論教，幾乎貫穿了他整個文學生涯。當然，溫任平身上的傳奇色彩並不會因親近他本人而減少，他對現代詩有執著的熱忱，對寫作的要求近乎苛刻，還有，做事時的霹靂手段以及栽培新秀的認真和耐性都給人措手不及的震撼，套用一句口語，他是一個pattern很多的老頭。

　　顯然，這些都不會是溫任平的全貌，從1978年代表作《流放是一種傷》出版到2021年《衣冠南渡》面世，近半個世紀的寫作，宣告了一場不斷革新的現代主義運動。在從心之年，他仍願意隨順網路大勢：重啟天狼星、舉辦「端午閃詩」，執行個人每日一詩的108天計劃，甚至主編

《大馬詩選2.0》，多種嘗試和努力無不指向他所謂「現代主義的再現代化」。事實上，外人不知，這些堪稱「鐵人三項運動」，幾乎是他一人窩在吉隆坡市中心祕方（Secret Recipe）拿著iPhone運籌帷幄，逐項完成的。這樣可愛甚至可憐的老頭，很可能現在正愣站在大馬路旁，用WhatsApp指點新手如何寫作（或用voice message告知對方詩作好在哪裡）。

對我而言，溫任平就是一個行為藝術家，然而，這樣一個「愛顯」的行為藝術家卻善於隱藏、偽裝自己，他不只是以撒柏林（Isaiah Berlin）狐狸型的智者，還是鬼馬多變，甚至喜新厭舊的老戲骨。

這本《髯鬚》，他又狡獪地給世人露了一手，詩人高塔敏銳指出，〈髯鬚〉讓他有鬚生（老生）的戲曲角色聯想，當然，憑藉對這兩個字的視覺意象，恨他者，不難想到這個老氣橫秋的傢伙又要登台「夫子自道」了；愛他者也不難幻想一個游俠重出江湖的故事，而面具底下的「戲子」正竊笑等大家對號入座。

演得好，演得像，觀眾的掌聲、噓聲，都掩蓋了他真實的形象，誤把角色當成本人，怎麼了？溫任平不就是那個從1978年到今天，死不悔改的流放歌者嗎？或是南方邊陲烏托邦幻想國國王？彷彿不是，彷彿是的——長了鬍鬚，更狡獪的「髯鬚」。

細心的讀者不難發現，〈傾斜〉中「我是清朝的伶人」，或〈淋浴〉「我是伶人，從澡堂／重返舞台，要走一條／水跡漫漶屐印雜亂的路」，這些自畫像（或者面具），都再再展現出詩人無窮的表演欲，在分輯的小標題中更明顯：「第一輯：角色扮演」，「第二輯：粉墨登場」。「角色」和「演員」的雙重身分，使得讀者時常誤

入迷障。

　　詩人以伶人自居，穿梭古今，投入多種角色，扮演歷史人物或與歷史人物對話，他可以是「那個文武兼備的嶺南旅客」（〈髥髥〉），也可以是「現代耽美的紈絝子弟」（〈仕女撐傘避雨〉），甚至是跳上摩托車化身成飛車黨，揚長而去：

> 我翻身躍上500cc的大型摩托車
> 在一條人煙稀少的道路上馳騁
> 去參加一個派對。我用我聽來仍年輕的聲音
> 演講，用稍稍沙啞但性感無比的聲音
> 歌唱。我揣測眾弟子徒眾
> 學藝已成，他們穿行於市集
> 如入無人之境。他們飆車，足以捲起風雲
> 帶來巨量的雨：啪啦啪啦啪啦……
> 我騎著500cc的摩托車，在鏡頭前出現
> 又隱去，傾斜如醉，如此反覆三四次
> 用手比一個V字
> 告訴擁上來的群眾
> 象徵主義勝利……
> 然後絕塵而去

──〈躁狂十四行〉

　　骨子裡，他是狡黠的老戲骨。在現實中詩人專欄的另一重身分是：一家日報與兩份詩季刊的專欄作家。他在2016年9月24號《中國報》專欄文章〈衣缽：文化傳承需要部署〉認真思考粵曲與現代詩傳承之間的關係：

我這一週聽粵曲的感受是頗複雜的：香港的任白有此安排，現代詩的傳承有嗎？誰學紀弦、余光中、洛夫、瘂弦、鄭愁予、葉珊（楊牧）……即使不致難看如東施，均難免邯鄲學步。前述五人可參照不可模仿，從葉珊到楊牧，效顰者在兩岸三地加上港台新馬，大概有一連百人之眾。楊牧寫詩天馬行空，聯想跳接跨度大，詩中的花草蟲魚可供後之學者選擇性擷用，而又不致於陷入抄襲困境。從一板一眼的余光中跳接「後現代」難，從滿紙雲煙的楊牧偷渡「後現代」易。

2021年4月21號的專欄文章，〈六如皆變，粵劇的傳承與衍變〉又寫：

粵劇的傳承甚為有趣，大致上說粵劇以模仿為能事，愈接近原唱者的嗓音姿勢功架愈成功──所謂衣缽傳承。我留意「左手交右手」那種傳承的因襲套路，也特別關注衍生性的另一種創造性傳承。六如皆變，從現代詩到粵劇都沒有例外。

現代主義要的不只是模仿、傳承，因襲套路，要思考如何突破、創造，溫任平以他的「表演」來向讀者宣告其永不停止的創造。事實上，專欄書寫的「主題開放性」和「篇幅限制」，在形式上與現代詩巧妙地相似，對他而言也是一種文學的挑戰，專欄寫作使他得以「走馬」於各個知識門類，涉略廣博的資訊，無論是政治、經濟、股市、文學評論、戲曲、甚至珠寶鑒賞、玄學等。論者幾乎都忽

略溫任平的專欄書寫，其實與詩創作是整體不同部分，將紛雜的知識操演成現代詩，一直是溫氏的拿手戲。

二、相遇：力量意志

一個人登台演戲實在太孤單了，渴望有對手戲，遊戲人間，而與他「對戲」的可以是古今中外的人物，作者早在《傾斜》的自序寫道：

> 我有一個十分狂妄的想法，只有詩或廣義的藝術，讓我有能力超越時空的桎梏羈絆，讓我有能力在三維或是多維空間馳行無阻。我中有你、你中有我；「我」與「你」同為一人，「我」「你」「他」甚至可以同體異生（mutations）。

我們應該如何理解作者所謂的「同體異生」的概念？

「同體異生」是一種「裂變」，換言之，他者可以是自我的變奏（蛻變），自我也可以是他者的偽裝（面具mask）。收錄本書的作品，我們就能看出此種跨時空的交會：在〈在雨中前去會晤夏目漱石〉（2014）仍是靜態的，單方面的──主體神遊於「彼」，在〈與陸之駿談兩座城〉（2015）則是徘徊於兩座城市之間：

> 在吉隆坡的台北好食初見
> 端倪在兩個城市中間，過去與未來
> 差點兒因車延緩而錯過
> 友輩因此在網絡上跌破眼鏡

下一趟北行，有勞
您在台北Malaysia Boleh餐館
替我再訂蒸鍋貼、炸雲吞與椒鹽豆腐
我們再暢談現代詩危機
我們再研究鄉土文學的契機
我們再估衡邊陲弱勢的懸疑

————〈與陸之駿談兩座城〉

　　到了〈傍晚偶遇孫文〉（2016）一詩，人物之間跨時空
的互動則更具有張力：

人在印度店。雨後黃昏
七點鐘。炒麵聲晃晃在响
孫文那年在檳城打銅街
吃亞三叻沙，莊裕榮
一間空殼公司
適宜裝口水與蠔煎，我與孫
共用過晚餐，他經常撿好的吃
他不是個能吃辣的傢伙
演講起來卻混身是火
他邀我參加他的同盟會
我邀他參加天狼星詩社
我們互相拱手婉拒
場面感人肺腑
他策劃了幾十場武裝革命
我策劃了幾十本詩集印行

————〈傍晚偶遇孫文〉

讀者難免會納悶，將孫文與詩人溫任平巧妙地設計在同一個空間中的合理性是什麼？對此，我們就不得不進一步論述其獨特的「魔幻寫實」筆法，「魔幻寫實」為詩人找到了現代詩書寫的另種可能性，跳脫了過去和現在，自由穿越。

　　孫文來南洋的革命史與天狼星文學發展史兩者本是平行而不相會的，卻能在印度店「碰撞」（翻炒）出火花，共時性（synchronicity）在這裡不能完全說明其手法，兩者的聯繫寧毋是一種尼采式的「力量意志」（Wille zur Macht）的延伸或施展，這種「意志」使詩人得以「超越時空的桎梏羈絆」。

　　寫於2020年的〈與曹禺不期而遇〉同樣表現出這種「力量意志」的裂變，如何在自我與他者之間展開，使得兩者得以「同存並置」：

> 我躲在暗處看日出
> 曹禺在亮處聽雷雨
> 我們在灰色地帶不期而遇
> 在風雨如晦中淋濕自己
> 時代風雲，翻江倒海，泡沫似霰
> 少年競勝，著筆疾書，山河在望
> 三十年代，你寫你的劇本，重門深院
> 七十年代，我搞我的新詩，文字探險
> 演出，演唱，演說，演藝
> 離不開動作與戲劇性表現
> 日出接著是旭陽，突然雷雨交加

在原野，在忽熱忽冷的黃昏
我們看到人間的大礙與大愛

（2020年1月11日）

三、晚近風格：「隱微書寫」與「反熵倫理」

2014年作者七十歲，標示著一個全新階段的開始，《髣髴》在作品排列上為我們展現了很完整的時間跨度（從2014年2月20日到2022年11月3日），篇幅很大部分精選了《傾斜》（2018）、《教授等雨停》（2018）和《衣冠南渡》（2021），2022年收錄的作品，大多數完成於俄烏戰爭期間，詩的書寫與現實有著微妙的指涉和呼應關係。

溫的第九部詩集如同貝多芬九號交響曲般的雄心，本著作為我們展現其獨特的「晚近風格」（Late Style），如薩依德（Edward Said）所指出的，並非是一種靜穆、臻於技巧完熟之作，而是第二種：「涉及一種不和諧的、非靜穆（nonserence）緊張，最主要的是，涉及一種刻意不具建設性，逆行的創造。」

「逆行的創造」並不意味著溫氏的風格從現代主義轉向後現代主義，嚴格而言，這部詩選有著豐富的「現實感」，同時，「古典」、「歷史」與「時事」仍然是詩人創作靈感的三大來源，中國性的符號仍瀰漫、漂浮於詩人的作品之中，不過卻一改了之前對古典意象的靜態摹寫，轉變成為流動的、散點的，隨性拼貼的形式。

在理解溫氏作品時，我們也不能忽略其獨特的隱微書寫（esoteric writing）的一面，其創作所標明的日期都巧妙地暗合於時事，難怪已故詩人陸之駿曾指出「《衣冠南

渡》，我讀完感覺像2018年6月至2020年3月期間一份報紙的社論」。在文字布局上，抒情的筆調也轉變成為簡潔、明快的節奏。然而，在內容呈現上，詩人卻有意形成某種不協調、突兀的感覺，比如〈刺王安石〉與〈臥底看王安石〉都與大馬政治有著巧妙的聯繫（當時是短命的希盟政府第一次執政初期）值得讀者琢磨。

書寫策略的多變性，主題上所呈現的「歧義」（ambiguity），尤其喜愛採取德勒茲根莖式（rhizome）的地下網絡連結，對不同脈絡、結構進行「糾纏」，蔓延、甚至突變，這些都使得溫氏的詩作並沒有如同其文字表面的那麼明瞭易懂，有時候甚至構成讀者解讀其作的難度和挑戰。比如這首短詩：

> 放下了杜維明
> 去超市買了一盒ice cream
> 舐著工業東亞，游弋太平洋
> 這年頭，回鄉投票的人不多
> 選出來的嘴臉十年如一日
> 共和黨走了，民主黨做莊
> 大家比賽的是誰更瘋狂
> 拿起杜維明，打個招呼
> 學習王陽明的絕藝，看他
> 如何應付兩頭豬：
> 寧王朱宸濠昏君朱厚照

——〈心學：關心選舉〉

（2022年4月23日）

　　以間接的、輕鬆的語言來進行反諷和調侃，幾乎像是隨手拈來的即興發揮，從陽明心學、到留美新儒家杜維明，再聯繫到美國大選兩黨鬥爭以及明朝的昏君……不斷增生的主題——離題、誤讀、錯位等等，由節點連貫成網，這一切都反映出其書寫的「遊戲性」，耍弄其後現代技巧。再者，他對歷史的處理也可以是懸疑、詼諧的，從結石寫到五四文化運動：

　　　　醒來發覺尿少帶黃，難免不安
　　　　陽光吶喊著闖進書房
　　　　所有的舊雜誌，都可能是
　　　　當年的《新青年》，所有的
　　　　圖片，都可能是當年的示威海報
　　　　一九一九年到二零一八年的底褲
　　　　等著檢查驗證
　　　　究竟有沒出現陽性反應
　　　　一粒小石，嘭一聲
　　　　掉進馬桶

　　　　　　　　　　　　　　　　　　　——〈百年五四〉

　　　　　　　　　　　　　　　　　　　（2018年5月4日）

　　我估計，很少有人留意到，詩人這種玩世不恭的姿態卻是在落實著詩人自身所謂的「反熵行動」。他說：「所謂熵（entropy）是能趨疲，是信息的負值。語言文字在會議記錄裡呆板癱瘓，在記者的新聞報導公式化的過程中麻木失能，在政客的話語裡變形變態，只有文學（尤其是詩）可以把它喚醒並且注入活力。」

「反熵」（Anti-entropy）構成詩人寫作的核心倫理，在詞與物之間，在歷史與現實之間，都可以由詩人的「意志」轉變，使其不被「冷卻」：

> 那麼倦怠是因為等待
> 雪落在陽明山與苗栗
> Entropy，不要用英語
> 我肯定，那是熵，那是能趨疲
> 物質不滅，能量
> 轉移，像語言的
> 被迻譯，像愛變成傷害
> 文明帶來毀壞，所有的
> 熱切是因為悲切
> 所有的悲切
>
> 是因為冷卻

——〈熵〉

（2014年9月16日）

四、從流放到南渡

> 我只是一個無名的歌者
> 唱著重複過千萬遍的歌
> 那些歌詞，我都熟悉得不能再熟悉
> 那些歌，血液似的川行在我的脈管裡
> 總要經過我底心臟，循環往復
> 跳動，跳動，微弱而親切

熟悉得再也不能熟悉
我自己沙啞的喉嚨裡流出來的
一聲聲悸動

在廉價的客棧裡也唱
在熱鬧的街角也唱
你聽了，也許會覺得不耐煩
然而我是──個流放於江湖的歌者
我真抱歉不能唱一些些，令你展顏的歌
我真抱歉，我沒有去懂得，去學習
那些快樂的，熱烈的，流行的歌

我的歌詞是那麼古老
像一闋闋失傳了的
唐代的樂府
我的愁傷，一聲聲陽關
我的愛，執著而肯定
從來就不曾改變過
縱使你不願去聽，去關懷
那一下下胡笳，十八拍
可曾偶爾拍醒你躺在柔墊上的夢？

它們拍起搧在我胳膊上的
那個陳舊的包袱的灰塵
胡笳十八拍，有一拍沒一拍地
荒腔走調地，響在
我暗啞的聲音裡，我周圍哄笑的人群裡

然而我還記得走我的路，還在唱我底歌

我只是一個獨來獨往的歌者

歌著，流放著，衰老著……

……疲倦，而且受傷著

——〈流放是一種傷〉

研究或閱讀溫任平的作品，大家很容易老調重彈，一味強調溫氏所謂「花果飄零，靈根自植」的離散論述（diaspora discourse），對其作品的「中國性—現代主義」有了刻板印象，日久甚至標籤化，原罪化：「文化鄉愁」、「髶髴肉體在馬精神留台」這種觀點主觀且狹隘。論者忘了一個事實，人會成長成熟，思想會發展衍變。

無需贅言，順著「中國性」的單一本質，人云亦云地跟隨老掉牙的「文化遺老論」來思考，自然會將2020年的〈衣冠南渡〉看成是1970年代〈流放是一種傷〉的迴響，甚至終極進化版本，歷經半個世紀，歌者從流放成了「沒有回頭路」的南渡：

孩子，官渡之戰湮遠，我們一家五口

在匈奴鮮卑羯羌氐鐵騎，席捲中原之前

越過長江三峽，前面是路

行人扶老攜幼，孩子，不要多話

向前走，不要遲疑猶豫

不要東張西望，不要胡思亂想

袁紹四世三公

家世顯赫，多謀少決，用人多疑

十一萬大軍哪及曹操的四萬精兵
不要把歷史看得太嚴重
一逕往南走，這就對了
袁紹強攻，我們是走一步算一步
永嘉之亂，五胡亂華，八姓入閩
深圳廣州在左，九龍香港在南
孩子，不要邊走邊跳
一個不小心從香港跳到福隆港
我們的後代子孫就得在那兒繁衍
倉皇出走，斜睨綿亙十里的殘荷
驚悟，我們是過河卒子
放下峨冠博帶，收拾細軟
攜帶雨具拐杖，走向南方
沒有回頭路

——〈衣冠南渡〉

　　與〈流放是一種傷〉單純的漂泊、感傷不同，前者多了一種歷史、文化的厚度，用「文化南移論」並不能完全解讀這首詩的獨特性，「時間」的問題在這裡才是關鍵，從此處到彼處，不只是空間，更多了時間上的跨度，「從香港到福隆港」，離散的時間不是呈「線性長河」，而是散點，鋪張的「時間的空間化」（the spatialization of time）過去和現在並非相續，而是一種空間上（移動）的「同存並置」關係。這種處理手法，與詩人的「相遇詩學」相對應。

　　溫氏不惜「趨近語言的臨界」，大膽地對歷史事件進行拼貼式的處理，幾乎就是本雅明的「結構化的時間觀」的體現。因為對詩人而言，「歷史不是現在的過去，而是

置身於現在之內」，歷史甚至可以是「過去錯位到現在，現在延伸到過去」，而〈衣冠南渡〉中那群「移動的主體」所牽連出的是整個南渡史的「全景幻燈」式的顯現，時間結構化成為即生即滅的星群。

這種處理手法，在〈民國新詩史：奈米版〉也有異曲同工之妙：

> 喜歡抒情善感的何其芳
> 不喜歡聞一多與朱湘
> 國家改變從文學始，自語言
> 肇其端。聞一多在詩裡
> 議論國是，吶喊囂張
> 內容薄弱膚淺。朱湘一白到底
> 胡適的嘗試集，詩藝不高
> 影響，非同凡響
> 徐志摩的感情也是他的思想
> 這就很麻煩，他本來可以像
> 濟慈，指示中國性浪漫主義
> 的方向，為後人導航
> 林徽因，真摯委婉，啟發了
> 香港的徐速與力匡
>
> 一腳踩進卞之琳的橋上
> 橋下出現自己的蹤影
> 迷上李金髮的風景，跌入
> 文字與象徵的迷宮，英式法式的
> 漢語奇詭、顛覆詩的思維、刷新

語言慣性、留下慢性疾病。戴望舒
用他殘損的手掌，排闥而出
擎著傘，用他不足一百首詩的能量
帶著大伙走進詩的小巷
紀弦以煙斗響應，繼之於拐杖
綠原辛笛都擅於田園，牧歌式
抒情，啟迪了，瘂弦的北方想像
余光中的江南情結與蓮的聯想

（2014年5月25日）

五、重返盛唐

　　重啟天狼星，編輯大馬詩選，左手寫評論，右手寫詩，溫任平憑藉一人之力仍不斷地「從邊緣挑戰中心」，且不斷超越其文學——人生的「極限」，他就是這樣一位劍走偏鋒，厭惡老套、拒絕定形，「逾越」的藝術家，無論是「現代主義的再現代化」，還是那不合時宜、引人訕笑的「重返盛唐」。

　　實際上，他永遠著眼於未來，努力發掘現代詩的可能性，以及用有限的生命「手把手」進行其念茲在茲的「詩教」。我們不需要用馬克思那句「傳統像夢魘般糾纏活人的頭腦」來理解他的「重返」，而應該用他自己的話「回到當年那種創作日常化的熱情與習尚」，他的「重返」是一種「復興」。

　　在這本《髣髴》中，他以無盡的創造力、想像力，親自登台示範了一回。對我而言，這部詩集就像一個巨大的化學實驗室，眾多不同的元素在裡頭進行混合、碰撞、變

化出新的品種。

　　「現代、後現代、中國性、本土性、流放、南渡、移動、傾斜、相遇、蛻變……」，關於他作品的理解，只能說「沒有真理，只有詮釋」。因為，我們面對的是這樣一個始終不肯向時代、歲月妥協的詩人，他從不自我設限，不斷地向前籌劃，對此，我們更應該期待的是溫任平的第十本詩集。

　　　　　　　　　　　　　　　　駱俊廷敬序

推薦序

第一輯　角色扮演

第二輯　粉墨登場

第三輯　　虛實相應

第四輯 新版刀劍笑

第五輯　人長久茶坊

第一輯
角色扮演
2014

1)

光緒之死

「我是一國之君
怎麼會被圈禁在這裡？」

宮燈帶你前去水榭，荷池在左
許是晚秋，暗香飄忽
蓮花早在去歲枯萎，內務太監
在三更後都累了陸續睡了
你拿著皇帝的密詔
找袁世凱與榮祿
下雪了，無聲的雪：忐忑
初雪也是血
躲衛戍，越杉林，直撲松蘿

剛踩在總督衙門的石階
霹靂啪啦，一排槍聲響起
你以跪安的恣態，撲地
「皇上……」，隨即咽了氣

美麗的雪花鋪了一地

2014年2月20日

2）

歷史研究

海峽對面是同胞的鏡影
跌碎了的眼鏡，就在雨的中間
雨和淚在戰爭的年代
（清黨，清算；反省，悔過）
一樣血腥，一樣分不清
糊里糊塗的大躍進
兩岸操弄的對象都是人民

大歷史前面，風雨如晦
大政治前面，雞鳴狗吠
不亢不卑，不獨不統
舞照跳，馬照跑
百年機遇今日遇
（融資，注資；互訪，協議）
風雨瀰漫，難得浪漫
我們不如拿把油紙傘
去蹓蹓戴望舒的雨巷

2014年2月20日

3）

躁狂十四行

我翻身躍上500cc的大型摩托車
在一條人煙稀少的道路上馳騁
去參加一個派對。我用我聽來仍年輕的聲音
演講，用稍稍沙啞但性感無比的聲音
歌唱。我揣測眾弟子徒眾
學藝已成，他們穿行於市集
如入無人之境。他們飆車，足以捲起風雲
帶來巨量的雨：啪啦啪啦啪啦……
我騎著500cc的摩托車，在鏡頭前出現
又隱去，傾斜如醉，如此反覆三四次
用手比一個V字
告訴擁上來的群眾
象徵主義勝利……
然後絕塵而去

2014年3月14日

4）

一定是我記錯了

一定是我記錯了，從超市走出來
我跨進顏色款式相同的國產車後座
漂亮的女司機嚇得面無人色
一定是我記錯了，我走去住宅
門外的草坪散步叨念著一篇散文的
起始句，忘了回家的路
一定是我記錯了，就那樣的穿著睡衣
一迤往街上的Secret Recipe
喝洋甘菊去

一定是我記錯了，凌晨二時
我在做功課，查字典，記生字
寫詩評詩析論名家作品如入無人之地
一定是我記錯了，我把毋忘在莒
讀成毋忘在呂，把每況愈下
寫成每下愈況。學生以徐娘半老
形容乃母，我以後現代美學照單全收

一定是我記錯了，楊牧的詩
「時間無此溫柔，允許美麗。」也說合理
一定是我記錯了，我直著腰
走進醫院，九天後我坐著輪椅
向醫生說謝謝，向護士說再見

一定是我記錯了，曾經
有人疼惜我、愛護我
體貼我，聽我絮叨病情
唱著聖歌讓我無夢睡去

一定是我記錯了
我再也分不清楚愛與傷害
的界域在哪裡。我盲了也聾了

一定是我記錯了，我在講台上
發現自己充滿激情的嗓子突然瘖啞
這次我記對了，在廁所裡要用衛生紙

2014年3月14日

5)

一路追去

你是明媚的春天我一路追去
大寒過後大家最關心的是圍巾顏色
圖案形狀，外套款式
等等問題。熱烈辯論：花開春暖
還是春暖花開的語序
從王力那兒找到線索
在趙元任的家裡，找到證據
你是明媚的春天我一路追去

你是朗照的陽光我一路追去
樹影婆娑，光影似鐘擺，晃啊晃
晃啊晃，晃到外婆橋去
外婆在菜圃澆水施肥，「孩子⋯⋯
未來在你手裡，農耕的知識
在你手裡。」我猛然想起
千里遷徙，要把握的正是農作與土地
的聯繫，土地與朱光潛美學的關係
你是朗照的陽光我一路追去

你是幽幽的月暉我一路追去
炊煙向晚，庭院裡有人
走過，是敵是友非我所能知
手持三尺半劍，在天后宮的飛簷
陡斜掠過。群鴉轟然飛起
繁星點點，明明滅滅

是仇家得了結，是高人拜師學藝
這一生為的是一瞬間美麗
你是幽幽的月暉我一路追去

2014年3月23日

6)

符號學者的遭遇

衣冠楚楚，他是那種在兩天的
研討會換兩襲大衣的
符號學者。銀髮。沉著
從數碼到語碼
到二戰中途島上的祕密道路
他娓娓道來，通俗風趣
在卡爾維諾的
看不見的城市裡
他看見忽必烈的攻擊訊號
瞭解馬可波羅的搜奇嗜好
他的演講有板有眼，中規中矩

一名女生赤裸走上講台
彎身，獻花，遞過來一杯溫水
仿似受驚的小兔，他遽然踣倒
垂懸的奶子，符號釋放的能量
使他震動，驚悸
他脫掉大衣，在冷風中
瑟瑟發抖

2014年4月9日

7)

雨中前去會晤夏目漱石

在驟雨中出發，車子
徐徐經過斯里八達嶺，掃雨器
左右晃搖，外面的世界迷濛
夏目漱石和他的妻鏡子
瞬間出現不見重現，暈眩
無關乎英國文學研究，無關乎
一九零零年，倫敦市的馬糞與煤煙

錯過了下午茶與蛋糕，在城邦書局
遇上了，太宰治與芥川龍之介
忍著胃痛之苦，在風雨中
手足冰冷的折磨
聽夏目漱石的貓批評時政
與一百年後
再露爪牙的軍國主義

2014年4月26日

8）

髯髭

髯髭是那個文武兼備的
嶺南旅客，行李裡有乾糧
水囊，刃首與幾冊線裝
塵暴颳起，蓬帳晃動，狂風
刀子似的刮著漢子的鬍髭與大地
他要去北方，傾斜的北進想像
茶樓酒肆在世界的範圍
對於一個過客並無兩樣
都是吹著口哨走進客棧
不外一兩白乾送牛肉乾
文的搞文牘武的當守衛
髯髭——
我是被史家抹掉的南洋

2014年5月3日

9)

帶著體溫的詩

剃刀掠過下巴
剎那的痛楚與沁出的血
你剛剛完成，帶著體溫
的詩。它像宣言
（你不想它像宣言）
它誕生了，一個幼嬰
它迅速成長茁壯前進
參加示威遊行。墨瀋未乾
書房的春風，還在吹著
秋雨，還在飄灑
城市的衢道擠滿了人群
在台上對著麥克風的
你的孩子，唱說俱佳
（這點令你有點自豪高興）
「為了社會的繁榮和平，為了國家的命
運⋯⋯」
你的孩子，你的產品
生丑淨旦，拷貝你的肢體語言
群眾鼓譟、歡呼，一波又一波的
高分貝的拍掌聲，喝采聲
「為人民付出⋯⋯付出」

驀然，電流中斷
台上沒了聲音，台下有人
把一根還未抽完的香菸
擲在地上，一腳踩熄

2014年5月16日

10）

民國新詩史：奈米版

喜歡抒情善感的何其芳
不喜歡聞一多與朱湘
國家改變從文學始，自語言
肇其端。聞一多在詩裡
議論國是，吶喊囂張
內容薄弱膚淺。朱湘一白到底
胡適的嘗試集，詩藝不高
影響，非同凡響
徐志摩的感情也是他的思想
這就很麻煩，他本來可以像
濟慈，指示中國性浪漫主義
的方向，為後人導航
林徽因，真摯委婉，啟發了
香港的徐速與力匡

一腳踩進卞之琳的橋上
橋下出現自己的蹤影
迷上李金髮的風景，跌入
文字與象徵的迷宮，英式法式的
漢語奇詭、顛覆詩的思維、刷新
語言慣性、留下慢性疾病。戴望舒
用他殘損的手掌，排闥而出
擎著傘，用他不足一百首詩的能量
帶著大伙走進詩的小巷
紀弦以煙斗響應，繼之於拐杖

綠原辛笛都擅於田園，牧歌式
抒情，啟迪了，瘂弦的北方想像
余光中的江南情結與蓮的聯想

2014年5月25日

11）

頓悟

晏起。曳著拖鞋
開門下樓入廳，走進
廚房倒水喝，聽見貓兒
在後院疾走近乎無聲
一伙芒果同時墜跌
嘩啦嘩啦像── 一陣驟雨
很快便停，緩緩喝水
一些遠遠近近的記憶
貼近，真的很近，像女性的
肉體有情但又假裝無情
欲拒還迎，遠的模糊
近的清晰，人間風景
亦復如是，緩緩喝下
晨起的第一杯白開水，喝下

七十載的跌宕風雲

2014年7月3日

12)

微羔

寧願騎射也不願染病
一直在等，你的音訊
電單車經過，在探聽
飆車踩響油門，如關西大漢
酒醉連番吆喝的聲音
出門上街看人看風景
食肆流連，努力想像自己
是那個不拘古法擅於長程奔襲的
漢代名將霍去病

2014年7月5日

13）

夢魘

昏昏沉沉睡去
醒來日落黃昏
那年，妳穿著一襲血紅綢緞

閃亮的旗袍，於陽光偏西之際
探望我，要我坐著，妳站在我身後
拍照留念，拍照的人是誰？
相機擋住他的臉，那個人
是我嗎？坐著的我
怎樣離開自己？高漸離擊筑
其聲淒楚，既是荊軻，如何留駐
即使拿到當年的照片
歲月也不會留住
聚散無常，感情最傷
馭劍能渡，易水難渡
四十年跌宕，一場大夢
盤桓於秦，避難於齊楚
我有眼疾，看不清照片
尋不著道路，找不到妳的居處

2014年7月6日
站在我身後拍照的是當年的方娥真

14）

移動

日暮途窮，前面有霧
是歇息的時候了，放下
左邊的水罐，右邊的行囊
抽口菸吧，老鄉
日將落未落，沙漠盡頭
夕陽餘暉華美，遠處的笛聲
風聲……沙丘那種緩慢而堅持的
移動，向前

遠處有一野鋪，都在望啦
透過望遠鏡，野鋪的店招搖晃
時而傾斜……晃動不已的
朦朦朧朧的燈籠，燭火
在入夜前燃點，坐下來沏壺茶
再來兩個饅饅，細嚼慢嚥
老鄉，路很長啊要走好

2014年7月16日

15 ）

傾斜

你在種花的時候見到我
我在鋤草的時候見到妳
坐上公交車，我們朝著上班的
反方向馳去，我們談論
電視連續劇的情節，言笑晏晏
可言不及義，我們都知道
今天不是情人節。坐在後面的
乘客在打呵欠，司機咀嚼著朱古力
我們遠離著接近，嗟嘆宮廷的
鬥爭與悲怨。車窗外的陽光
——傾斜照進

我是清朝的伶人，你是多情
而含蓄的嬤嬤，在終站之前
在終站之後，我們
都離不開深宮禁院

2014年7月17日

16）

水滸

在書院多年，不知虎踞眼前
今晨竟然出現，在水滸傳的
陽穀縣。我換了付雙焦眼鏡
重返中國傳統經典
看死了的白額虎如何再現
蔣門神為何以門神為名
武大郎的矮醜，是魁梧的武松
不為人知的另一面：殺潘金蓮
從酒肆二樓扔下西門慶
暴力詩學的亮點
強人哲學的實踐

寅時三點一刻
在孤燈下，我在等
綽號及時雨的宋江
露面，我在想
武松等一干英雄好漢
何以要被朝廷收編

2014年7月18日

17）

獻醜

我看到那個穿著半透明
蔥綠色雨衣的年輕郵差
踩著自行車在Paragon酒店前面
掠過，驚鴻一瞥
那人清癯的臉
似乎留著二十六年前的鬍髭

2014年7月21日

18)

袁枚古典散文眉批

袁子才79歲與洪稚存，云：「枚帶眼鏡已二十多年，須臾不離。今春在西湖桃莊，偶然去之，大覺清爽，因而試之燈下，亦頗瞭然。故特寫蠅頭，上污英盼。似此老童，倘到黔中應童子試，學台大人其肯賞一枝芹菜否？」

——袁枚（1716-1797）

袁子才，乾隆四年進士，任縣令
七年政績頗著，仕途崎嶇
文章跌宕起伏，是另一種
崎嶇：調侃別人，調侃
自己，人間遊戲
駢文嚴謹，古文隨意
無礙性靈流露，泠然的天機

是的：情趣、奇趣、生機
眼鏡戴久了，反而看不清
風火水土構成的天地
萬物有情，此情有待成追憶
仕途就像隨園那般隨意
墨瀋未乾，橫幅甫掛
天清月明，華燈初上
秀才舉人進士，名銜而已

局紳爵士，比一枝芹菜還要虛
袁枚玩尺牘遊戲，早在周夢蝶
寫悶葫蘆日記。比夏宇，更古早
不在乎不經意，聲東擊西
顛覆桐城，挑逗兩百年後的
東西方後現代主義

2014年8月4日修訂

19）

Déjà vu

猝不及防被雨擊中
我一直看著蒼穹的眸子
徒然的，恍惚的相望
雨簾，半透明的屏風
隔開我們好遠好遠
Déjà vu ，終於認識
我們有過的美好歲月
徒步走向輕快鐵
徒步走向青山綠
共用一把傘，怔忡不忘攙扶
時間不可解讀，惟時間
與我們同在，我懂愛

我願意用一生去聆聽
雨打花草樹木的天籟

2014年8月26日

20）

黃色潛水艇

黃色潛水艇，不是幽浮
是六十年代的蜃影
它何以出現太空梭旁
可能是天狼星的正能量
吸引，吸引，吸引……
我們集體 imagine
Give peace a chance
I love you yeah yeah yeah

這世界只有螢火，沒有戰火
這世界只有摯愛，沒有傷害

2014年9月2日

21）

熵　那麼倦怠是因為等待
雪落在陽明山與苗栗
Entropy，不要用英語
我肯定，那是熵，那是能趨疲
物質不滅，能量
轉移，像語言的
被迻譯，像愛變成傷害
文明帶來毀壞，所有的
熱切是因為悲切
所有的悲切

是因為冷卻

2014年9月16日

22）

桐城速寫

導遊用大聲公
通知文化考察團，桐城在望
我們懂得最多的是湘軍的
曾國藩，他的門生李鴻章
還有暴躁的左宗棠
我們在桐城文廟講現代文學
在方苞、劉大櫆、姚鼐的畫像前
鞠躬如也──

然後在六尺巷
通過麥克風朗誦于堅的車過黃河
在竹湖看著雁群與時間齊齊飛過

2014年10月19日

23）

立冬的詩：冷

立冬，B躲在上海
避過一場大風雪
折返杭州，為了買藕粉
堵了五個小時的車
他在車裡唱格律、樓頭、江南河
T建議大家唱社歌
那時，是傍晚……街角
到處都是燈，C在掩映閃爍的
光暈下讀杜，想像自己
在兵車行的時代，安史之亂
與苦吟詩人並肩聯袂
一字一句拒絕讓步

A住在他厭惡的城市
垃圾與地鼠，煙靄如霧
鴿群自法庭廣場，掙扎著
噼啪噼啪飛起。B嚼著麵包
手裡拿著兩大包藕粉
惆悵的攀上梯子
等待判詞，然後
推倒書房的法律典籍
回家去，去學做日本壽司
T終於學會用木吉他

在葉子落盡之前，在冬至之前
唱帶點鹹味的詩：海岸以西

2014年11月8日

24）

冒牌詩人

開了天眼後，他便雲遊
四海，做冒牌詩人去了
他說天會掉下來，瞬間大雨滂沱
他說美元飆升，日圓跌至七年新低
他手一揮，煮熟的鴨子飛起
他決定寫一首震動文壇的壞詩
：屋頂上的小提琴手
震動的卻是樂界與影壇

學者認為他是浪漫派奇葩
教授貶抑他為現實主義茶渣
他每天散步，曬十五分鐘陽光
沿著長滿杜鵑花的籬笆，吹著口哨
他的眼睛裡有振翅的蜻蜓
到處都有頭暈眼花
他想到的hybrid絕句是
：黃藥師Dr. Huang
：張無忌whatever Zhang
：李尋歡be happy Lee
：李莫愁don't worry me

2014年11月13日

25）

與何香凝偶遇

何香凝冷冽的瀑布，嘩啦啦
劈頭潑得我一頭一臉都是
三十年代的歷史，一襲秋衣如寄
日子，嘩啦啦，身世飄零如每天
的必須，必須要換的衣
早來一步遲來一步，巧遇

亮軒與他的朋友
討論嶺南派畫雪寫意的不容易
虛擬、想像、神思
我還在揣摩著於于右任於一九三四年
在畫幅寫的五絕末節：
「出山有何意？聲流大地間」
留下的黑白之謎

時間流淌，彷彿凝住的瀑布
在流動，淅淅瀝瀝
噢，是遊客口渴
不約而同灌礦泉水的聲音

2014年11月22日

深圳

26）

我獸站在歷史甬道的中央

燈光映照長廊，長廊
那一端模糊如紙影的人影
這一端是愈來愈斜陡的壁畫
……多元雜陳的彩色意象
我企圖用腳步衡量店面的長與寬
很少人注意到月牙門的後院，還有
不養魚的池塘，還有
一百年前的石牆
鬆漆著缺了一豎的「福」字
遊客邊走邊享受二零一四年散落的陽光
我坐著，一口一口喝著暖開水
（年長的詩社成員忙著張羅杯碟
我拒絕在夥伴來齊前享用tiramisu）
歷史，帶著海風的酸鹹味
歷史，帶著殖民者的體味
歷史，原來還有四點五巴的酒精味
歷史，其實是一部又一部
停泊在有黃線的路旁的
陳舊與嶄新的——
來去如風的車輛

2014年12月2日

27）

預感

有預感今天五時過後會去喝奶茶
會遇見不同膚色的民族
我將用蹩腳的馬來語
向茶店侍應說明
奶茶要滲多少茶配咖啡
才適合我的口胃

有預感侍應會拿著筆
在紙上畫圈圈寫加減
可他真的喜歡我五音不全的
馬來話，那加強他說話的信心
他來自南亞
一個貧瘠的國家

他的舉止有表演性
他晃著頭表示都懂了有喜劇性
我看到傍晚的大雨對他說hujan hebat
他連連點頭說sangat sangat
也只有在人黑驟雨之際
兩個不同國籍的人
在街角的印度咖啡店的門簷
一起專心的，肩並肩
談天氣

2014年12月23日

28）

雨死在水裡

雨死在水裡
是的，我肯定
從初唐到晚唐，雨下得輕狂
我守不住南方，我沒有兵
沒有將，青苔的小徑
是戍卒，楚人一炬
可憐焦土。北宋的詞允許
我寄居，關馬鄭白允許
我哼些懷鄉的散曲，走進
明代的傳奇，忘記了自己的
身份與身世都是雨，捱過
身不由己的光緒，遽然
於慈禧辭世前一日，駕崩
滂沱的雨，竟追隨
不懂崑曲的白崇禧
敗走南京失守廣州遷徙台灣
雨過天青，車子
開燈，把路照亮

2014年12月28日

29）

淋浴

我的祕密在淋浴
的花灑底下暴露：陽光透過
玻璃窗，皮膚的動脈分布
為什麼要分布？我堅決要
的是分享，我的巍峨
我的潰敗，冷水澡下
不忍卒睹

這些年留下的傷疤
癬化，成刺青的記憶
年輕歲月，如他鄉一宿
今日的憂鬱，蓊鬱如樹
讓暖水振奮我，浴巾抹淨
對鏡束髮畫眉快筆繪就臉譜
能文不能武，愛，不能受傷害
能武不能文，情，不能有瑕疵

我是伶人，從澡堂
重返舞台，要走一條
水跡漫漶屢印雜亂的路

2014年12月29日

30）

噢，我什麼都沒有
什麼都不會帶走，我來自
銀河系，命名並不容易
漆黑的背景，是太空的
道具。我曾與一宇航員
相戀相愛，在互相監測的
衛星系統，守望，忘了
膚色身份與國籍，每一粒
飛過的殞石，我都怕傷了你
每一趟流星雨
　（璀璨奪目，讓我入神失語）
我都擔心那是我倆最後的
淋浴，太初有道
那也是我們邂逅時
眼神接觸的那一剎那最初
星辰邃而失重，下墮
塵寰，覆蓋村莊，淹沒牛羊

雨雨雨雨雨雨雨雨雨雨雨雨

2014年12月31日

第二輯
粉墨登場
2015

31)

樓上的人

樓上的人用力敲打地板
鐵錘與釘子相逢恨晚
聲音斷斷續續，仿似
一支斷腸的笛

樓上很遠，你要走很多石級
拐彎抹角的樓梯，陌生的門
樓上是個謎，是男還是女？
為啥敲打鑽營地板
彷彿隔著我們之間，埋著
寶藏或宿怨

我是樓下那個我
因噪音而鎮不住心情
我寫著的蕩寇誌
此刻潰不成軍，只能用
一個又一個的cliché
掩護著筆前行，只能用
一次又一次的戰爭
掩飾開始貧弱的語境

（樓上那傢伙

據私家偵探密告

潛居在我腦子裡

⋯⋯好一段日子）

2015年1月3日

32）

啦啦隊員

我是啦啦隊隊員有球入籃我便高喊
球錯過了籃高喊的聲音來不及剎掣在空氣中抖
顫
十二個球員對壘另一隊十二個球員，他們
穿著顏色不同的背心短褲，我跟著背心短褲喊
看著肢體語言與動作喊加油，留意球與球員的
位置
高喊加油加油……加油加油……加油加油

聲音對我空白虛無
囂鬧在全然的寂靜中進行
教練鳴笛，我聽不到
我看到有球員陸續
跌倒……爬起……跌倒
沒人知道我是個聾子

2015年1月11日

33）

青衣

走過來，你的心情
是梨園時代，靜靜的風雷
響在觀眾拍掌之前的那瞬間
你的韻白，平沙落雁
然後，繞樑三日
魚尾紋必將遮去淚痕
你用青色褶袖，摟住我
因年邁而有點贅肉的腰
不讓我跌倒

我在凌晨五時的大寂寞裡
不再猶豫，滑行、傾斜
我決定不循這齣戲的出場序
跪送鮮花給老而不疲的你

2015年1月16日

34）

仕女撐傘避雨

長廊處處欄杆，燈飾兩盞
字畫從內到外，水漬
漫漶，有人幽憤難平
淚灑樓榭亭台，從瑤階
一路向畫家的朱砂紅的印章
潺潺流去，仕女撐傘避雨
這時刻，獨缺一抹晚煙
別院傳來管弦，似近又遠
你我佇立朱門內外
我們都看到同一方冥濛的天
我跨不進去，你走不出自己
你是古代憂鬱善感的仕女
I like blue, blue is cool.
我是現代耽美的紈絝子弟

2015年1月17日

35）

魚的問題

> 水的存在，是魚不知道的。
>
> ——Marshall McLuhan

我們一直通過魚的晶片聯繫
魚鱗的大小形狀是難解的密碼
只有水藻可以解讀，釋放
出去，給河，給氣候，給漁夫
心裡有個底，知道自己的
地理位置與氣候遷迭
游魚口吐泡沫
一長串像冰糖葫蘆
寫長長的長長的短訊
敘述河的上游有多少蘊藏
河的下游累積多少心事
湍流的一瀉千里
漩渦的自我中心主義
狂洪爆發，沙石俱下
是它一生最慘烈的遭遇

魚從不曾想這問題
They are just emitters of codes.
他們不知道自己活在水裡

前面還有安靜的蓄水池
與洶湧澎湃的瀑布

2015年1月18日

36）

大寒前後

大寒在昨天，氣候劇變
灼熱得令人暈眩
忽而大雨傾盆，街道盡濕
我衝進赤道的冷氣咖啡廳
會晤司馬遷，討論比較
史記的體例與史家的偏見
伯夷列傳為什麼是第一篇
叔齊伯夷，求仁得仁
真的無悔無怨？

今日大寒，我的袖子曳地
攜著文化扶著歷史
在下雨的巷弄前行，步履維艱
去到孔子世家，仲尼直言
當年如何被拒於齊楚秦
與眾門生於陳魯衛扼腕吁嘆
吾道不孤惟不行，諸侯頷首
心裡卻不認同也不肯定
一群儒家漂鳥，自此
從大東北向南方遷徙

2015年1月21日

37）

鬱青風衣

生了鏽的鬱青風衣，離我而去
我感覺自己近乎赤裸
因為突然襲體的冷，因為
頓失相依為命的同伴
不再有依賴扶持
我用自己的體溫加上受之父母的毛髮
與臘月的寒冷作最後的、無效的
……抗爭

鬱青風衣，站在車裡
我的人離車站而去

2015年1月25日

38)

臘八：紐約暴風雪

波士頓大風雪，我的懷裡窩著
臘八粥暖身，全球媒體報導
一億人在美國廿五州挨凍受飢
熬不住朱諾的吹襲，這是
1827年以來最嚴重的氣候暴力
七千航班停飛，人體開始結冰
在北京，零下攝氏五度
步步為艱，東西方面對災劫
始終要碰頭，始終得聯手

紐約費城街道的雪
兩英尺深，但不及我想念你的深度
我隨著鏟雪車走遍緬因州找你
雖然我不知道你在那裡

2015年1月27日

39)

懷李商隱

選擇在晚唐誕生，捨棄
初唐的朝氣，盛唐的霸氣
中唐的穩安，沒什麼
沒什麼理由，喜歡白天終結的
傍晚，總有一些風吹拂
總有一些人躑躅路過
他們的背影，總會提醒你
一些什麼，總會勾起
如水墨淡去的記憶

晚唐流行巧豔纖細，你只喜
苦吟，偏字僻詞可以構成
風景，永遠那麼美，永遠美得淒涼
五代開始，不斷換國號
不斷換旗幟，不斷換君主
夕暉殘照下的
殘垣斷壁，你又懷念以前
為了一個美麗的回眸
斷送一回又一回的江山

2015年1月29日

40）

立春：寫雪

沒有人仔細檢驗過雪花
她的構成、形狀、重量與原子分布
我也沒有，直到那天
看見你洗硯磨墨捲袖揮毫
於紅彤彤的紙上鶻起兔落
以行楷兩款寫對聯
記憶中寫雪的五七絕，一片片
悄然墜落，我用霜的語言
分析立春前的第一場雪舞

有誰能告訴我
大曆元年，杜甫初到夔州
為何寫出他的名作：八陣圖？

2015年2月4日重修

41）

與陸之駿談兩座城

在吉隆坡的台北好食初見
端倪在兩個城市中間，過去與未來
差點兒因車延緩而錯過
友輩因此在網絡上跌破眼鏡
下一趟北行，有勞
您在台北Malaysia Boleh餐館
替我再訂蒸鍋貼、炸雲吞與椒鹽豆腐
我們再暢談現代詩危機
我們再研究鄉土文學的契機
我們再估衡邊陲弱勢的懸疑

2015年3月10日

42 ）

車過仙台

我在車裡，瀏覽商店
腦袋堆滿雜物，偏又空無一物
最搶眼的招牌與街招
よるしずかにしてくうざんふかし
是月出空山靜嗎？張峴與王維的
境界在那裡？有何特殊喻義
魯迅還在這兒學醫。拱橋夕照
混凝了平假名片假名與漢語
令人麻木的3.11東京地震
我在7.5-12.5的亞阿法波晃搖
世界離我時遠時近
六鐵軌喊停，七核
反應堆平靜，有人雙手合十
感恩頂禮

軍國主義者檢閱散落在枕被的
落髮，櫻花淚落如雨
粉紅粉白的夢與夢想，天亮才醒悟
自己應該丟掉
Equinix Inc的股票
我喜歡坐在車裡，晃蕩……晃漾
給我歇一陣子，忘掉那些

令人作嘔的數據
回到詩的包容與大愛裡

2015年3月11日

43)

開罐頭

他偶然去撬一個罐頭
充滿好奇與喜悅
他要知道手臂有多少力氣
從那個角度切入
前後拉鋸
才能讓它的內容，突然
顯現，赫然
暴露

他沒想到就這樣
又鑿又敲，拉拉扯扯
大半輩子坐在廚房裡無靠背凳
無休無止，重複
重複開罐頭這動作

2015年3月20日

44）

Android：抉擇

智能手機的紅燈亮
他剛剛闖過紅綠燈往政府行政大樓馳去
電池弱了，他的鈦製手臂
伸縮度慢了，糟糕
體內的電源斷斷續續
電話另一端傳來的聲音續續斷斷
他的任務是保護國內外政要
他的銀色指掌裝配，剩下的能量
只能簽一張支票
只能投一張選票

2015年4月2日

45）

出席儒家思想研討會有感

看著地上的薄陽
晨靄退卻，留下冷了的西餐
那一年，我坐馬車來到你的庭院
訝異與會的學者大多穿深色西裝
耆老來自孔子學院
與中國人民大學哲學系的教授
比拼誰在初冬吸最多的煙

我是來自大馬的子貢
提呈論文，敲打儒家的義利觀
還未赴京，即飛鴿傳書
印證於成思危、溫元凱
上證指數二千六百點可掃貨，去年九月
杭州友人目睹上證正全力北進
我們四人，坐在西湖第一廳
吃驚的見證方圓一里荷花倏地落盡
我跳上馬車，漏夜趕回
北京，快馬加鞭，衝進機場
買到六包價格稍貴的藕粉

2015年4月17日

46）

哈柏瑪斯在北大

拄杖而行的哈伯瑪斯
在北京大學的小徑，近乎攀行
終於找到大學哲學系的圖書館
他準備了講詞，在通道徘徊
他決定等待⋯⋯
康德叔本華尼采回來
等待⋯⋯晚春的桂花香
氣候稍冷，槐樹上的雪早已融解
在古舊的殘垣斷壁間去尋找
冰糖葫蘆，很難。他慢步向前
想著純粹理性批判的唯心論
想著揪心的：要嘛孤獨，要嘛庸俗
的叔本華悲觀哲學，想著如何融會尼采日神與
酒神論
他決定談個人行為合理性，社會合理化
論公共空間的結構轉型⋯⋯他走上階梯
先談形而上思辯與溝通理論
他記得王國維對陳寅恪說過：
可愛者不可信
可信者不可愛

他用德腔英語，沉重的重複著一句話
一切得從工具理性啟蒙說起

2015年4月25日

47）

五四看西洋拳賽

五四那天，我什麼都沒做
對著YouTube，細細端詳
兩位拳王，最迅猛嚴密
的攻防，力道不亞於當年胡適之
與梅光迪的長期論戰
「I tried my best, but trying my best was not enough」
菲律賓國寶級拳王帕奎奧承認
他敗了，梅光迪赴美教書
心情沉重，學衡解散
穩健淡定的梅威瑟勝了世紀大戰
學者逝矣，拳手宣布退休
夕陽餘暉，薪火代代相傳
有人說：我的掌心仍暖

2015年5月5日

48）

白日聊齋

每天下午都有人在我房裡啜泣
聲音輕渺幽怨。
從床底到抽屜，其聲
鬼祟，從浴室到衣櫥
地板濺濕，如驟雨潑入
樓上的寡婦，留意到樓下的動靜
她揣測一個她沒見過面的小孩
在使性子，在耍賴
他要得到整個世界的愛

2015年5月8日

49）

黃昏下雨取消疾行

落葉用船的姿態
奔赴汨羅
去打撈一個
它們不認識的人

2015年5月28日

50）

屈原在亞細安

未及仔細端詳已是端陽
老頭的手拿著便當
孫兒上學的路是回家的路
路邊的木麻黃，與回家的路
右側的木麻黃，沒什麼兩樣
老師講屈原龍舟粽子的故事
龍舟，我們會摺紙船
肉粽，是可口的飯團
屈原是一幅畫像
鬍鬚亂揚，翹首臨江
我們打量著老師的臉色
學校沒放特假，一切如常
沒掛菖蒲，沒灑雄黃
老頭的便當裝的是白飯
他坐在溪旁，一粒一粒米飯
輕輕丟進水裡，細細打量
泛開來的水泡，靜靜聆聽
上游的聲響，拍岸的浪
歷史翻滾，奔向南方
在南方成了泡沫
成了亞細安諸國華文科
零零散散的片斷

2015年6月8日

51）

往事真的如煙

林語堂敲了一下煙斗
摸了一下禿頂，魯迅說：
你和我比，我可是個老煙槍啊

他們兩個決定比槍法
不再辯論翻譯的問題
拙趣不能翻譯成stupidity
留德與留日無關民族主義
那會扯上無辜的愛國主義
反殖民主義那兒有更多的螞蟻

魯迅抽了一大口煙，說：
我與周作人、沈從文的語絲
比你的煙絲更耐人尋味
比你的幽默更適合
任意而談，無所顧忌
林語堂微笑不語

一九二七年十月語絲被張作霖查禁
張大帥是不折不扣的奉系

2015年6月23日

52）

教授等雨停

研究室前面的甬道，僅堪
兩人貼身而過
多一人就得面壁佇立
讓另一教授先行

石級往上往下都難走
夏至的日頭雨，灑濕了
文學院大樓，殖民時代的
建築，浮在驟雨中撈起來的潛艇
潮濕，濃烈的魚腥味
它裡面有許多知識的
與非知識的祕密
包括：鮭魚如何游出硅谷
教授在狹窄的甬道上，背貼著背
匆忙寫報告匆忙填表
……可能還得淋雨趕去監考

2015年6月26日

53）

小暑

雨灑了五分鐘即停
不遠處傳來緊急剎車聲
賣甘蔗水的街販與席捲而至的小暑
打了一個照面
即刻感到眩暈

溽熱會發出聲音
汗水決堤，冷氣機的水滴如雨
不應該在這一刻想念你
這太不詩意，這樣的天氣
風花雪月不如一碗蓮藕湯
不及一塊西瓜實際

這就是愛情
中國曆法第十一個節氣
大暑未至先中暑

2015年7月7日

54）

.com 與木村拓哉

第一次與藝人討論.com
心裡緊張得要死
木村拓哉戴著
他的鴨舌帽
長袖捲到手肘的中間
他走進廣場，四十二歲的他
要綻放二十二歲的
笑容，不容易，美容秀秀一番
或許還可以。可.com 不是那回事
它是網路的專區與屬地
用戶是大咖還是蝦米沒關係
它可以有，或沒有
木村拓哉的粉絲
它可以有，或沒有
時間與年齡的考慮

2015年7月13日

55）

三
伏
天

喝了綠豆冰，才知道今天是三伏天
路邊茶棚有三人坐著
每人旁邊都有一把劍，三伏天
老虎在前面，蒙臉的刺客在
樹頂，不時移動位置
要殺對手一個措手不及

暗器滿天飛舞灑下
我借用小妞透明的綠色雨衣
擋住整個茶棚
擋住刺客的視線，三伏天
戒冷飲，趕路的要小心
「三位慢行，小弟的奔馳停在外面」

2015年7月14日

56）

一九零零年：慈禧慈雲祈雨

雨來得恰好，葉芽像壹芽
紙人兒似的在密雨中搖曳
下了多久不要問我
我昨晚早子時入寢
帶著小小的藍色口罩

雨聲是半夜聽見
那時我剛從綺夢中勃起
以為自己還青春年少

晨起在露台看外邊的一片迷濛
知道雨來在小暑之后溽熱將至
追想一九零零年虛雲大師末伏八月為慈禧祈雨
唸陀羅尼神咒唱和大悲懺
七日下鵝毛雪，十四日冰封長安千里
歷史厚重，嚇醒我的綺夢

太后含淚下跪叩首
蕭親王慶親王力邀慈雲回北平供奉
同年十月，虛雲拿了我的雨傘
獨自一人走進終南山
留下口罩一個
告訴我喝咖啡就咳嗽

2015年7月19日

57）

大暑中暑

大暑中暑，名正言順
1945年8月日軍投降，三伏七月
中暑六日，翌日耶穌復活
三重特務萊特，指示部隊
為他們當日不戰而逃的英軍
鼓掌。大暑中暑，欽差大臣葛尼
甫上任即遇伏。新村包圍了
農民，他們抄家式的
流放在五百個用鐵蒺籬圍起的
村落裡，從此錯錯落落，棋局
從此晉入殘局。中暑六日
想念的最殷切的是
照顧華裔移民的
敦陳禎祿

2015年7月23日

58）

炎夏和孟浩然〈春曉〉

春眠恍惚，曉光飛逝
應該曉得的事不知曉
醒來：一窗與一山的啼鳥
呱　呱　呱　叫
河馬嫌吵，在耳際絮絮叨叨
仲夏溽暑，夜來風雨點點滴滴
像痾尿，抬望眼
外頭的花花草草
或素顏，或斂粧
挖個洞兒把拂曉前的歷史
晨光熹微前的無邊黑暗
孟浩然內藏銀兩的長衫

全部埋掉

2015年7月29日

59）

風雨如晦

我們去那兒上山學藝
我們去那兒找你
在反烏托邦的世界，去尋找
烏托邦，何如建立自己的城邦
夏天可消暑，冬日可禦寒
少年辭我，廿五載竟無人提得起
詩——沉重的行李。六月六端午
賞雪賞梅太早，吉野櫻之約
我們買了榴槤與山竹
寒風並不冷冽，我們的風衣
寬袖反而不便駕車上落
金馬崙的的記憶得從一九六八年說起
越戰進入中期，我們在山上淋過雨

雨從此沒停過，我們濕漉漉的
從上個世紀走進這個世紀
我們淚眼模糊用漢語
我們放下詩去寫詩
像裸身的孩子，在大雨嬉水
在大雨如注發洩成長的憂鬱
在風雨如晦吟誦自己的愛與被愛
莫待雨停，莫要驚醒

成年人也擁有的
童騃而倔強的夢

2015年8月2日

60)

離開高更走向梵高

直昇機的開麥拉拍到
街道與人潮，一朵朵
向日葵，向陽是花的本能
它們一朵朵在輕快鐵
長出來，在葉叢裡盛放
街道敞開，向日葵紅得像
不熄的烈火，竄出梵高的木瓶
擺脫高更布道者的幻象

今晨梳洗，我特別在意衣著
穿上黃衣，向陽光走去
我需要維他命D3，洗淨污穢
需要它轉化成維他命D
變成體內的鈣與磷
變成才氣與骨氣
在黃色的屋子裡議事
在燈光明亮的屋子裡議詩

2015年8月29日

61）

聽貝貝、修兒搖滾對決：我的天空

喜歡看見街角處印度人賣汽球
五顏六色，三十多粒的泡泡
它們擋住世界醜陋的一角
它們給小孩帶來些許歡笑
詩，因而變得有韻腳
不用在中國好聲音那兒
找歌詞，找資料

我們群居，我們每天對著
同樣的一片天空，我們踩著同一塊土地
追求美好，最美的是汽球飛上天空的彩虹
我們是鄰居，我們見到同樣的日出日落
我們一同經歷過獨立前的
殖民主義統治的背棄與打擊
我們一起擁有黎明與後來的光明
我們望著那一角擋住烏雲的汽球
頓悟多姿多采的意義
我們開始做夢，並迅猛完成
獨立建國的大業

噼啪噼啪，汽球爆破
噼啪噼啪，好夢南柯
別怕別怕，星群出現
別怕別怕，鳥在唱歌

2015年10月4日

62）

重陽偶見四色牌

好久沒玩四色牌
福州、潮州、客家人……
用這方式閒話家常
用這方式記載，江湖的
恩怨與悲歡

車馬炮面對士相
攻與守，參與者各有盤算
黃衫軍比紅衫軍衿貴
白衣天使猶勝青青子衿
我不清楚君子牌
馬寫成傌，車寫成俥
是密碼化抑是人性化？
引進公侯伯子男
在引進西方文明，抑或
將西方文明虛位化？

手上有一付牌，心裡就有了
大江南北的水山畫
它上面有油彩暗影
吃碰槓糊，吃喝拉撒
有人蓋牌，有人中花

2015年10月23日

63)

安全帶

人在車後座，安全帶
縛住自己。午夜了
車子仍一部挨一部
急不得，大道淹水
連環車禍，三部車一起燃燒
起火，為黑夜照明
它們慷慨犧牲了自己

雨中的火光美得淒麗，三朵花
I love you，火舌如蛇舌，吞吐
我扣著安全帶，全程
參與網絡上關於交通安全
與滅火方法的議論。我沒下車
雨勢那麼大，圍觀的庸眾那麼多
爭議傷亡的人數，事件肇因
安全帶繫住我，我只談
層次高的生死無常
與無相無我涅槃

2015年11月3日

64）

腎石通關

瀑布傾瀉，兵分三路
月黑風高，沙礫齊下
口裡叨念剪刀、石頭、布
轉念為了昇華
為和平許願，不再有痛楚
尿酸鈣化的石頭
其實是女媧補天，無意間
留下的頑石，拿開眼鏡
老眼昏花看到的是
大小兩粒寶石，色赭帶刺
小瓶裝不住嫣紅的絕豔
尿道是棧道，海戰後
桅桿傾斜，甲板洞穿
血流如注，噢，我們
曾經同住，翻臉成仇
你們，終於殺出一條血路

我用手指在智能手機的肚腹
寫字抄經纂輯訓詁拒絕受苦

2015年11月21日

65)

大雪來得正是時候

我一生追求亮麗
像一株，每天愚駭的
嚮往陽光的樹。大雪落在
二零一六年十二月八日的山麓
旭日凋謝得飛快，霜花
綻放，瞬間遍布大地
南移之後，氣候陰晴不定
在北京，下午三時
天色漸暗，漸暗

漸暗很好

讓人早點看到曙光
在廣州，下午三時
天色還亮，還亮
還亮就很快天黑
在天黑時，我在想大雪想些什麼
在天黑時，我在想你會做些什麼

2015年12月8日

66）

十二月十五日正午有詩

幾許春秋，多少春晚
都在高清的窗頻映現
一生功過在文字
龜蛇鎖大江，三渡黃河
一鷺獨立沙洲，雀鳥
遍布上下游
老兵不死，將軍凋零
笑談風月，不碰杯觥
在股市現實主義
在書齋現代主義

2015年12月15日
恰值自己的生日

67）

秋分：紙鳶紛飛

繁花落盡雪花才落
就在隔壁竟不知道住著你
幾十年過去，我從來
沒去計數，衣櫥裡有多少件
不曾穿過，與穿過──
一兩次
即閒置與忘記的應節襯衣
聖誕老人來了又走了
他沒有留下什麼箴言
我在嘛嘛檔前等氣候
回心轉意，不想一而再
淋雨。仍然十分在意這些年
自己的大意，不懂什麼時候
你住在隔壁，什麼時候你拿了
我一生僅有的十四首十四行詩
坐著雪橇離去

2015年12月25日

第三輯
虛實相應

2016-2017

68）

昨日小寒

昨日小寒遇到擎羊
滿山遍野都是迷途的羔羊
那麼近乎愚駭的純潔
令人不敢相信，老人相信春天
正在躡步趨近，驅走
嚴冬氣候變遷與
風霜雨雪的不穩定

小寒之日城市森林的
社區邊緣，出奇的安靜
老人坐在公園的雙人石椅
春暖花開還很遙遠
先掉下來的是夜霧
掉落心裡的是夜寒
老人傾斜，摔倒在地

他一恍神站起來，張臂擁抱
向他奔跑過來的童年

2016年1月7日

69）

傍晚偶遇孫文

人在印度店。雨後黃昏
七點鐘。炒麵聲晃晃在響
孫文那年在檳城打銅街
吃亞三叻沙，莊裕榮
一間空殼公司
適宜裝口水與蠔煎，我與孫
共用過晚餐，他經常撿好的吃
他不是個能吃辣的傢伙
演講起來卻混身是火
他邀我參加他的同盟會
我邀他參加天狼星詩社
我們互相拱手婉拒
場面感人肺腑

他策劃了幾十場武裝革命
我策劃了幾十本詩集印行

2016年4月16日
Restoran Ariff

70）

選舉

砂州選舉的成績，陸續
公布。電視前有人歡呼
我聆聽的是十時半的華語新聞
華人選票回流，跡象可喜
對著電腦籌思明天的特寫
怎樣寫實怎樣寫意
在露台眺望吉隆坡的
萬家燈火，不無怨懟的想念妳
同時討厭自己，把妳
政治化為國家的載體
（這種比附與聯想不可思議）

正如一架直升機墜毀
助選的六人全部死亡
失事的原因可能是
過於晴朗的天氣

2016年5月12日

71）

腫瘤

我們只是比較喜歡吃葡萄糖
喜歡快速新陳代謝
為他人作嫁衣裳
我們只是喜歡德里達的
增生與衍義，所有的data
都是隱喻，局部到整體
挖地道，儲軍糧，慢稱王
熬個三五載
把違章建築矗起

2016年12月20日

72）

感覺

年的感覺是這樣的嗎
東京的冷，新聞報告員
匿藏於錄音室一角
等天明的另一個工作天
他忘了敷遮瑕膏
露出鼻子兩側的雀斑
信心滿滿的坐在沒有靠背的
旋轉座椅上
他念到：「南投縣發生3.6級地震
5.6公里深度……台灣的心臟」
身子一側，抽搐墮地
臉上的麻雀，跳出來啄食
時間的碎粒

年的感覺，冷天
鳥群覓食的感覺

2017年2月7日

73）

唐人街

從閣樓往下走，一路上的
印花連衣裙黑色短靴黑色肩包
時尚與反時尚，魚龍混雜
咖啡店的魚缸，怒目圓睜的
花羅漢，看著路過化緣的和尚
在茨廠街，一個街頭藝人
茫然望著濕透的天空
有人在賣豆漿
有人在賣魚子醬
有人捧著捐錢的小罐

2017年5月1日
勞動節

74）

漢
獻
帝

不再禱告，快快睡覺
天色漸亮，有人在遠處吹
口……哨，獻帝在逃
劉備帶著他的衣帶詔

在許昌，曹操在暴雪天寒
捧給劉協一碗熱騰騰的
肉糜湯，然後
他便做了丞相
無需禱告

2017年6月21日

75）

沙漠之歌

嘿哦嘿嘿哦
嘿哦嘿嘿哦

一個瑣拉人拖著糧食
向雪山走去
他的妻子不育
他被族人遺棄
除了沉默的上蒼
還允許他自言自語
他只剩下祖先的遺訓
父親交給他的爬山工具
前面是黃塵漫漫的沙漠
他沒有子女
可這又有什麼關係
荒漠有水源
才是大自然的神奇

嘿哦嘿嘿哦
嘿哦嘿嘿哦

2017年7月19日

76）

瀛
台

朕快步走過去，卻與寂寞
互撞、跌倒、起來竟然
垂暮，燕語划過長空
其聲也婉，猶勝鶯啼
朕沒上朝，也沒聽
眾臣的稟報，倏忽月餘
袁世凱小站練兵
榮祿升直隸總督
在四季如畫的瀛台
十載於茲，女官裕德齡說：
「聖上看來清癯些許
五官完好，總是沉默」
而被撞倒的寂寞
像隻流浪的狗
母后早已下令杖斃多時

2017年8月5日

77）

悲催大宋帝國

南宋九帝，病死六帝
遷徙臨安，苟且偷安
蒙古大軍追殺
嚇死一帝，冤死
一帝，岳武穆死
韓世忠死，陸秀夫
抱著八歲的小皇帝
投海溺死

2017年8月7日

78）

十月八日留言

十月八日凌晨九時起來陽光出奇亮麗
我想下午三時過後會下雨
草坪有昨夜的水跡
低窪處我看到孩子的腳印
再過去便是輕快鐵了
人們魚貫而入，魚貫而出
神情木然，步伐迅速
我曾經是搭上反方向
從這一站一直錯到最後一站的人

2017年10月8日

79）

百年五四

醒來發覺尿少帶黃，難免不安
陽光吶喊著闖進書房
所有的舊雜誌，都可能是
當年的《新青年》，所有的
圖片，都可能是當年的示威海報
一九一九年到二零一八年的底褲
等著檢查驗證
究竟有沒出現陽性反應

一粒小石，嘭一聲
掉進馬桶

2018年5月4日

80）

玄奘烤餅

你提九九八十一難
貧僧心裡發慌
最後一難是什麼？
本來佛與未來佛
相距多遠？
初暮是薄暮
那個深刻？那個
浮淺？浮淺是否強似
深刻？

徒兒，我有三個
他們的本事，我都闕如
我是師，也是徒
也是那匹從磨坊帶出來
一逕向前走的白馬
那麼就向前走吧
在前面烤個餅，一起唸佛
參悟烤餅的七十二種變化

2018年7月3日

81）

新紅樓夢

帶上墨鏡，我便去到未來
鬢鬢分兩邊，我便是寶玉
歷史我看透，情愛
令我消瘦，在紅樓
打開向西的窗
你會看到，永遠燦爛的夕陽
晴雯在雨前的晴天刺繡
寶釵頭上的釵全不見了
我在等襲人，她打了人

2018年12月3日

82）

兩個愛斯基摩人

明天才是節令大雪
愛斯基摩人在冰屋
把二十四種雪，一系列排開
星光點點，一點點掉下來
你說星暉不夠熱，我假裝中計
開了爐火，雪塊裡貯存的
歡笑吵鬧，追海豹，找雪撬
石頭雕刻，移動面具，捕魚手藝
像翻動書頁，火光唰唰的響
冰屋與歷史開始溶解
我們的祖先是西藏與蒙古之間？
我們的文化在匈奴與契丹之前？
你盯著本文
我追查附註

2018年12月6日

83）

青玉案

古玉一塊，碧海藍天展開
妳在鑑定，我在鑑賞
風花雪月，噢，扇的摺疊
放大鏡底下檢視，看到
月圓花好，菖蒲，夾竹桃
不怕夏天炎熱，冬天苦寒
一塊古玉在我心裡深藏

傾斜身子，仔細端詳
哪是峨嵋金頂，金光隱隱
磨垢拋光，像貓的眼睛
手藝如何，豈可妄自評議

古玉一塊，不要嫌棄
讓我把心中那一塊，摘下來
送給妳

2018年12月14日

84）

刺王安石

神宗三年，聖誕次日
繞道入京，我是兩名刺客的
其中一個。我一揮手
可以同時出招六式
連飛過的蚊子都逃不掉

潛入王府，絕非易事
在溝渠石板底下，侍衛埋伏
刀光一閃，我即擲出薄刃
那廝摸著咽喉，盯著積雪飛簷
我斜掠過去，在屋角砍下
殿前司統領的頭顱
墜下之際
介甫返邸

王安石，一步跨進院子
神行如電，他把青苗法
擲過來，漫天飛舞的稅率
從GST到SST
我從頭到腳都布滿鐵蒺藜
我高聲喊道：
太棒了，太棒了……
我的刺客同夥在我後面
搭著我的肩，五指
迅速扣緊我的琵琶骨

把手舞足蹈的我
捧起，輕輕放在大牢裡：
「宰輔大人吩咐，切記切記
給你準備豐富的日本料理。」

2018年12月26日1:26 pm

85）

族裔文化交流論述

我在咖啡廳與馬來女侍應談得很好
她說我的國語，一天一天飛躍
只是我每週只來三次
埋首文字，自顧自說話
（她不知我用語音打字）
她建議：我教她漢語
她——教我馬來語，然後
以雌雄雙俠的姿態
於馬華文壇與馬來文壇奔馳
這主意好極了，簡直是奇遇

我一口氣買了三部馬來辭典
新年前夕，虔誠前往祕方學藝
咖啡廳的經理告訴我，該名女侍
這些日子是在實習
她感謝我讓她在最短時間
學到人類學與工商管理
她永遠不會忘記我和
marble cheese的關係
不甜不膩，想到都會笑
我的牛奶與糖，兩者皆不足
講起話卻信心十足的馬來語

2018年12月31日
年度最後的一首詩

86）

我對園藝沒興趣

爹，你別送我去學園藝
我吃豆類水果蔬菜，沒問題
你訓練我，鋤了七天的耕地
去種蕃薯、白薯，都沒問題
種出來的像豆薯與馬鈴薯
就有問題。爹，我的問題
是因為我沒興趣

爹，我的兩手都生了繭
肉繭生在五指下端
我用生了繭的八根指頭
彈六弦琴，單足跨桌椅
說有多cool就多cool
引吭高歌，聲傳千里
就是無法唱一九八四年註腳
與華晨宇，爹，我對園藝沒興趣
你提的盆栽展覽我會去，順路
帶幾盆最蔥綠的去醫院給你

2019年1月3日2:15 pm

87）

祕方：找個牆角靜靜睡去

如果不是因為擔心連累無辜
他會選擇祕方作為棲息的地方
這兒的四張沙發與中間的長几
對他都有感情，而他視它們
為桌椅，供斜倚，思索
計劃在什麼時候完成工作
什麼時候，向大家說拜拜
然後靠牆，找個最舒服的角度
憩然睡去

在祕方他討論過國家大事
大手筆的重大投資攻略
向客戶建議過離婚、創業
（留意兩者策略的相似？）
向客戶建議賣掉整棟大樓
建議客戶忍聲吞氣，建議
客戶策略性撤資離職
部署鄧小平式的東山再起

他其實很累，所有的勝利
歸功於勝利者，他靜立
在比較遠的角落，拍掌
他微笑，其實是不動聲息
向主人請辭，握手
致意，近乎謙卑的拱手

告退，然後駕車回祕方
為另一個集團，策劃另一場
惡意收購或黎明襲擊

他其實累了……

臘八試筆

＊註：「祕方」即Secret Recipe，蛋糕茶餐連鎖店。

88）

臥底看王安石

刺王失敗，天下鼎沸
一大盤熱粥，在大街小巷
流竄，燙傷文武百官無數
我是東廠督主，一身武功
無意江湖，用心社稷
做個高階臥底。天機子的
兵器譜，已製成hard disc
供上雲端備用，獨缺每發必中
的小李飛刀一把

一個跟斗，攀上萬卷樓
恰值神宗與王議事，宰輔侃言：
「豈有聖世而殺才士者乎？」
蘇軾詆毀趙家皇室一案
王安石認為東坡被誣
吾乃幡然憬悟
沒有每發必中的小刀
沒有說團結就團結的膏藥

2019年1月16日10:55 am

89）

讀史：輕觸

Always together forever apart.

讀史令我神傷
回去唐宋吧
英明的唐玄宗，走到一半
走進來，浴後的楊玉環
就開始沉迷腐爛

不如回去殷商
學習醫學、學習頭盔製作
學習各種盤髮的造型
還有，學習怎樣造船
讓二萬士農工商
在公元前一千三百年
渡過黃河定都於殷
栽根於今日河南安陽

2019年1月28日

90）

文學批評

大雪下了一晚，年廿八
早上六時起來，用水吞服
四種藥丸，毫無睡意，也就毫無
顧慮。我在房裡學舌齊豫
唱她的飛鳥與魚

如果歌詞，由我撰寫
鳥與魚將盡去，這兩種動物
在詩的書寫，漸成套路。還有
貓，也是。白貓黑貓
在現代與後現代詩
頻頻出沒，頻頻出事

只有月亮風雨與雪
歲月悠悠，情景交融
總會用得上，永遠不缺

讀者要知道：
月亮是否代表我的心
讀者要知道：
風雨故人究竟來不來
讀者要知道：
雪是否在妳心裡下著

2019年2月2日9:00 am

91）

延誤

妳怎麼可能把一滴淚
初一貯在眼眶，初二懸在睫毛
初三才讓它緩緩掉落
經過臉頰，來到下巴

（遲到的飛機，遲出來的行李）

妳的雙唇，就這樣看著
淚花從蘊蓄、綻開，到放棄
看著地面的塵埃，接受洗禮
是塵緣未盡，未能盡？
是所有的花，包括淚花
都必須回到孕育它的大地？

（公巴開走了，妳得叫德士）

2020年1月28日

92)

石蒜花開

石蒜花，你的名字
是曼珠沙華，花葉哪麼接近
花葉爭妍卻不相見
綻開的是前世今生的記憶
像祈禱的手掌，像鏟雪
偶爾鏟到的幾綹陽光
我要求的不是抱抱
在大雪紛飛的河南
你可以紅，可以橘黃
請回眸與我一起觀賞
自己的繽紛與燦爛

2019年2月14日

93)

男人和女朋友的影子坐在
調色盤沙發研究今年的橘色
他穿橘紅，她穿紫藍
他把橘剝開，一瓣一瓣
讓女友咬嚼，後來還把整串
葡萄掛在牆壁
他們其實，應該掉回來
男人應該紅，不宜讓它冷凍
女人是健脾葡萄，不可虛懸

2019年2月24日

94）

華山七十二峰

站在華山七十二峰，回首
前塵，一天雲絮，雲林縣的
上空，一架沒人駕駛飛機
斜掠而過，學生驚喜的
衝出去，追逐童年
風箏與飛禽的不同
風箏與飛機的相同

他站在華山七十二峰
緩緩轉身，亮出了劍
弟子七人，他們吃太多糖
五個有糖尿病，過六十峰
與蝸牛競走，群山環繞
群星閃耀，群島海嘯
天翻地覆，細看張三豐
竟似放下劍，專攻嶺南洪拳的
玉樹臨風，顏值爆表的黃飛鴻

2019年3月7日

95）

這一生會過去

不見面，一生即將過去
也不用孟婆湯，兄弟
我們註定在洶湧的
江湖，相忘，相濡以沫
其實是兩個老人的唾液
在癟了的口腔裡打轉
過得了秋，捱不到冬
我們的腳踝扭傷
哪一天會痊癒，出院
哪一天，你在哪裡

對了，哪一天戲院散場
兄弟，我好像看到你的側影
二十五年前的形貌沒有變
倒是觀眾寥落，戲院上映什麼
無從得知，第二天我回去找
戲院竟成了超市，人聲鼎沸
大家都在演戲，主角配角
好人壞人，全都在跑龍套
跌跌撞撞的，竟是
當年健步如飛的我們

2019年5月7日

96）

看戲

十年睽別，戲院的布幕仍是紅絨
我穿著皮鞋，緩步走進去
前低後高，椅墊稍凹
我坐下，她也坐下來
我握她的手，她搖了搖頭
要我用心看戲，看老黃忠
擊敗張郃，腰斬夏侯淵
百年電影，從啞劇定軍山開始
從黑白到伊士曼七彩
一九零六年魯迅從幻燈片，看到
中國人被斬首，同胞圍觀
無動於衷。百年之後，所謂
炎黃子孫，仍舊是一群庸眾

2019年5月18日

97)

水落石出

> ……於是攜酒與魚，復游於赤壁之下，
> 江流有聲，斷岸千尺，山高月小，水落
> 石出，曾日月之幾何，而江山不可復識
> 矣。……
>
> ——蘇軾〈後赤壁賦〉

簷前滴水，他才想起這兒
不是竟陵之東的復州
不是士毛月以北的黃州
江夏西南，找不到莎阿蘭
簷前滴水，竟感覺雨勢
醞釀，風雲猶疑，舞雩千里
來時看不見路，有一種憂鬱
竟似江夏西南的赤壁
廿六萬南下荊州的魏兵
被吳蜀五萬聯軍擊潰

哪一年，大火一路延燒
哪一年，曹孟德大敗
於此，目光如豆
看到火光，誤以為
是冬季偶現的螢火
東風著意，躲在水裡暗處
波濤浪花漣漪在搖晃
有一種憂鬱，使人遺憾

使人難過，使人難忘
使人難堪

簷前滴水
水落石出

＊註：2019年7月4日，凌晨12:50草稿。陳明順
　告訴我，雪隆富貴集團有三處。我不由得想
　起赤壁在湖北省亦有三處。赤壁之戰發生於
　長江赤壁──烏林，並非東坡居士前後赤壁
　賦的黃州赤壁。7月4日10:30 am，修改詩的最
　後兩行。出來吃早午，又作修飾。

98)

晴雯折扇

從來，我從哪裡來？
現在，我還有多少現在？
一九四四年，一眼望去
哪些山哪些河，村落與民舍
閱人閱世，半個世紀的
嘈嘈切切，誰了解我？我了解了誰？
茜雪抱琴入畫，晴雯折扇真的搶戲
襲人在平行世界與我雲雨，藕官小螺
妳們這些奴才去了哪裡？
現在的我不再是我，我回不到從前
從前是我的最愛，歲月如歌，日子
彈指而過，青春供我揮霍
一九八四年註腳，六行詩
三個譜曲的人，都住在SONY錄音帶
音質年久走樣
沙啦啦，畫面是雪花
降落在你我狂歡的樓閣
沙啦啦，沙啦啦，錄音有問題
還是仲夏的驟雨？
枕頭濕了一片，是汗水還是淚水？

從來沒有現在，現在是我的重來

2019年7月10日，初八。
凌晨一時草稿，早上起來，十時半重修。

99）

衣冠南渡

孩子，官渡之戰湮遠，我們一家五口
在匈奴鮮卑羯羌氐鐵騎，席捲中原之前
越過長江三峽，前面是路
行人扶老攜幼，孩子，不要多話
向前走，不要遲疑猶豫
不要東張西望，不要胡思亂想
袁紹四世三公
家世顯赫，多謀少決，用人多疑
十一萬大軍哪及曹操的四萬精兵
不要把歷史看得太嚴重
一逕往南走，這就對了
袁紹強攻，我們是走一步算一步
永嘉之亂，五胡亂華，八姓入閩
深圳廣州在左，九龍香港在南
孩子，不要邊走邊跳
一個不小心從香港跳到福隆港
我們的後代子孫就得在哪兒繁衍
倉皇出走，斜睨綿亙十里的殘荷
驚悟，我們是過河卒子
放下峨冠博帶，收拾細軟
攜帶雨具拐杖，走向南方
沒有回頭路

2019年7月10日晚上7:45 pm

100）

雨夜行

十點西藥行關門休息
你不能不急，風風雨雨
一路走來，皮鞋裡的襪子
襪裡的腳趾盡濕
夜將盡，世界在旋轉
眩暈攜來幻象，走吧走吧
去啊去啊，我就在天地人藥行
等你，我動員半島的所有意象
在大街小巷護衛你的來
我會服下所有的藥
（如果我買得到）
讓我有力量抱起你
有力量，往前奔跑
夸父逐日，黃河渭水
大小指標，都要達到

2019年9月30日2:00 pm

*註：根據《世界日報》的今日搶鮮報導，一著老瘋漢於晚間十時，匆匆走進本市天地人西藥店，購買大量藥物與保健食品，老頭抱著芭比娃娃於風雨交加的夜色中奔行，遂不知所終。

101）

比較文學：村上春樹與卡夫卡

村上春樹把卡夫卡帶到海邊
把他年輕化成十五歲的少年
面對三個可怕的預言
一個失去記憶的女友
一個只剩記憶的朋友

捷克籍波西米亞人卡夫卡
一輩子沒去過海，沒聽過濤聲
面對千篇一律的文牘
蝸居在保險公司的城堡
變成大甲蟲之後，家人
不認識他，討厭他，害怕他
卡夫卡更喜歡關在馬戲團
扮演絕食的頂尖藝術家

卡夫卡讀法律，可辯不過
只會責備、吝於讚美的父親
村上的卡夫卡懂得出走
叛逆，沉默，堅毅
反抗世界的橫逆
他走進森林的深處
面對另一個世界

他不願接受甲蟲的命運：
最終被家人扔的蘋果擲斃

2019年11月26日・改寫

102）

新版刀劍笑

此去福建，無意再攀武夷
自忖茶量尚且不如酒量
他於朱熹紀念館駐足，沉思，發怔
為一片葉子格物致知
窮盡心血，終領會秋盡冬來
漫天飛舞的雪花是血花
即掉首匆匆趕去莆田南少林寺
見一群反清復明的武林好漢的後裔

他是逃出嵩山少林寺大火的
俗家弟子，天涯浪跡
瀟灑是假的，渾噩是真的
放下刀劍，伸手投足
無非花拳繡腿，寫詩之後
豪情壯志，化作紙上雲煙

落葉歸根，哪裡有根？
少林五祖分成三個派系
至善禪師被白眉道人內力震斃
銅皮鐵骨方世玉，二十四歲死去
他活了七十六載，找不到一個子弟
笑談渴飲匈奴血，啊，是冬天的雪

2019年11月28日・午後詩成大慟

103)

醫院政治

我在班苔醫院前，汽車急速拐右
躲過了一場災難性的腹部手術
昨晚護士說病歷表，不知去向
我小心翼翼，檢視病人的眼睛
地上有一枚用過的靜脈注射器
病人的血壓時而偏高，時而
走低，像十二月驟強驟弱的
風雨……我選擇用
靜脈注射，消解血裡的尿素
一個穿著藍色制服的護士
示意噤聲，叫我睡回床上
她顯然不知，我是當值醫生

我後來替她打了麻醉劑

2019年12月11日

104）

IMAGINE

You may say I'm a dreamer. But I'm not the
only one
I hope some day you'll join us. And the
world will be as one

———John Lennon

想像：每個華裔老人的夢裡
住著一座舊金山
想像：每個華人搭快鐵
去茶樓吃點心叉燒包
想像：每個人都愛惜自己
火車開動，它咳嗽著
走過四分之三個世紀

想像：每個華裔老人的心裡
都掛著清明上河圖
記掛著汴梁汴河兩岸盛況
各行各業，各行其是
橋樑垜牆都仰面向上
一百七十棵樹都曬著煦陽
八百多人，每個人都忙

2019年12月15日

105）

染髮入城：寫李賀

我看吉隆坡，七點半
吉隆坡看我，九點半
兩個小時在兜圈，尋找門路

「吾乃大唐李氏宗室……」
兒子在獨中老師囑咐背書
許是累了，背誦的聲音像嘆息
「高祖李淵的叔父李亮乃吾遠祖……」
許是太累，抑揚頓挫呼嚕呼嚕
此次染髮進城，鄭重其事
總得去見識見識三省六部
峇迪長袖衣，配竹筒窄褲
讓長吉少寫點詩，多結交朋友
了解政壇玄祕，了解人情世故

2019年12月19日

106）

蘇小小

去了西湖，來不及前去
探訪蘇小小墓，你的腦子
裡的人物換位，法國小仲馬的
馬格麗，茶花女是名女人
故事複雜，情節曲折，相對的
蘇小小軼事，近乎沒有，除了
知道她是錢塘名妓，貌美才高
工詩詞，你什麼也不知道
什麼不知道，你便什麼都知道

生於憂患，十九歲死於風寒
風為裳，水為佩
生於西泠，葬於西泠
生與死，微笑互躍
千古士人口口相傳

2019年12月21日

107）

吃了湯圓好做官

友人勸他去當官，芝麻綠豆
官小，收入不一定少，關鍵在
懂不懂網路經濟，物流便捷
要鈔票，不要銀角，可以快遞
他遲疑良久，道出忘年好友
謝靈運，隱而仕，仕而隱
三番四次，落得被有司捉拿
朝廷問斬，比不上陶潛
五仕五隱，不為五斗米折腰
僮僕相隨於桃花源

冬至友人復進言，所謂斂財
乃替百姓儲蓄，功德圓滿
勸誡他做官毋忘學佛
閒來叨念善哉，求心安理得
即使畫龍點睛，也不怕行雷
閃電，一夜之間，雙龍破壁騰空
而去，留下半壁江山，不知如何
打點，塗抹，收拾殘局

總得有人打腫臉充胖子，總得
有人唾面自乾權充勇士，有人
站在台上賣數據，友人估計
當官十八個月，豪宅多一間

大衣多五套，峇迪多十件
嘿嘿嘿，笑談喝飲匈奴血

2019年12月22日

108）

宿莽詠

執子之手，生死契闊
周杰倫唱雨下一整晚
他的輕音飄雪，假音
抖著，顫動著，像氣喘
病發作，裝飾音弄假成真
一詠三嘆，這就超越感傷

詩三百，風雅頌賦比興
情愛，流離，遷徙，祭祀
在左右的夾縫中求生存
被封閉。我信宿命，相信
泛靈論與神祕主義，何況
你我有一人必然先行離去
我化身宿莽，拔其心不死
看著，辭賦在你心裡成長

2019年12月23日

109）

八大山人

他的鳥獸蟲魚，都愛翻白眼
極限的極簡，挺拔誇張
頭部傾斜向天，花朵雖小
卻對天抱怨，壯懷激烈
與水墨寫意的陰柔不協

我是替他送殘羹剩菜的
店小二，懂得一點畫的道理
小姐可否幫個忙買個兩三幅
皇家世孫得吃飯，他是乞丐
是道士，還是和尚，都會餓

2019年12月24日

110）

田園主義

中國知識分子嚮往田園
說明了何以田野、田徑、田畦
有那麼多的鞋印

鞋印不能反映，對理想的專注與忠誠
除非鞋子沾有擦傷的血跡與泥濘
同時凸顯了鞋性與鞋的黨性

穿竹筒褲，鷺鷥些，予人能捕魚的印象
一直懷疑天使，但又相信天使的存在
時常彎腰，伸展雙臂，練習飛翔，等待飛翔
八段錦就足夠了，不必滑冰，不必衝浪

考慮放下弟子規，論語也不全對
讀杜維明的英文論著，無礙中華性
弦理論提出吹響法國號，引起周邊的氣流騷動
構成各自的模式。超弦理論視不確定
為真正的宇宙隨機，這有道理

知識，理論，創作，實驗
可能不如在庭院曬一天陽光
為蔬菜澆水，花綻開

就在那一瞬，兩個小童
不約而同，搓眼打呵欠

2019年12月27日

＊註：梵谷一生畫過八幅不同的鞋。皮鞋，皮
靴，套鞋。變了形的，磨破底兒的，斷了鞋
帶兒的，皺皺巴巴的。一言以蔽之：破、
舊、爛、走樣。他把它們翻來覆去地正面地
畫，側面地畫，平視地畫，俯視地畫。
　　高更去梵谷那裡畫畫，期間見他老畫
鞋，甚感好奇，於是就問梵谷為什麼。梵谷
說：「鞋子是我當年在煤礦工人中傳教時就
穿著的，一直跟我到現在。」梵谷生前潦
倒，又為精神病折磨，得年37歲。他留下
2,100幅畫作，多數作品完成於他在世的最後
兩年。後印象主義的代表人物。

111)

報販出家

報販和與他等高的晚報一起自拍
他笑著，擺了一個V形手勢
我們聊天，談林連玉的生平
華文教育的奮鬥史
他想參選，他說有街坊支持
我勸他莫要一時衝動
參選可以蕩產傾家
剃光頭是小事，剃光了
三個月頭髮會長回去

他突然對我說他要走開一會兒
要我替他看顧檔口，他疾步從
7-11走回來，拿著剛買的剃刀
微笑對我說：「謝大師點化
我有這決心，這就出家去。」

2019年12月30日

第四輯
新版刀劍笑
2020-2022

112)

讀七等生

樹木花草包括蘆葦向同一方向
偃伏。洪水肆虐。李龍弟面對妻子
面對大水中被困的妓女黑眼珠
雨傘與麵包，所有災黎都缺少
屋子淹沒在水裡
呼救的手，嘶吼的妻
李龍弟無意研究濬疏之道
築堤，挖渠，攻沙，排洪
是水利工程人員的專業
他負責約束長江大河溪流的
感情，允許泛淚，不允許泛濫
即使東北季風增強
也不允許壅塞決堤

2020年1月2日

113)

賣火柴的男孩

讀過用火柴取暖的女孩故事
男孩坐在牆靠近窗戶的位置
這個冬天冷得讓他心碎
裡頭橘黃的燈光，男孩覺得
他與其他人，一起擁有溫暖
雖然他們在牆內，他在牆外

火柴點燃，碎木紙皮助長
劈劈啪啪，屋內喧嘩呼喊
火光熊熊中他與祖母擁抱

翌晨，行人目睹孩童燒焦的
屍體緊貼大門，都搖頭惋惜
好英勇的孩子，可惜啊可惜

2020年1月5日

＊註：宜家（IKEA）家具連鎖店的老闆Feodor
Ingvar Kamprad幼年也賣過火柴。我的詩沒有
縮青絲般縮接這個人物。

114）

三組徘句

早上起床洗臉刷牙
然後去找藥，外勞女傭
大聲說：藥啊你剛吃掉

我說Kakak講話嗓門
可以放小，俺句句分曉
「Sorry，喊第五次，昂哥才聽到」

我不好意思的坐在餐桌一角
Kakak走過來嘀咕，她在講什麼？
沒吱聲，我保持主人優雅的微笑

2020年1月8日

115）

從這雪到哪雪

Beyond未能超越
傷愁一劍破寒夜
千刃見雪我獨行
如何攻，如何守，扶傷奔走
人生劇場，到處都有刀斧手
終點是三公尺滑板斷崖
沒人想到，出乎意料

（也會怕有一天會跌倒）

一隅之地是舞台，貧無立錐
聽眾的掌聲不代表你被接受
海闊天空為自由。自由的
面積從來都渺小，自由的
體積，從來都不重要

2020年1月9日

116）

與曹禺不期而遇

我躲在暗處看日出
曹禺在亮處聽雷雨
我們在灰色地帶不期而遇
在風雨如晦中淋濕自己
時代風雲，翻江倒海，泡沫似霰
少年競勝，著筆疾書，山河在望

三十年代，你寫你的劇本，重門深院
七十年代，我搞我的新詩，文字探險

演出，演唱，演說，演藝
離不開動作與戲劇性表現
日出接著是旭陽，突然雷雨交加
在原野，在忽熱忽冷的黃昏
我們看到人間的大礙與大愛

2020年1月11日

＊註：曹禺，湖北人，原名萬家寶。把「萬」上端的「艹」拆掉便是「禺」。他是中國當代最著名的劇作家，譽滿清華，有「中國莎士比亞」的美稱。他的劇作《日出》、《雷雨》、《原野》、《北京人》，長時期是大馬中五、中六考試《中國文學》、《華文》的應考讀本。

117）

偶爾發現

你原來沒看我我偶爾發現
你原來想走左我卻走去右邊
父親辭世你在靈堂發獃我以為你太悲哀
母親走了你一邊摺紙錢一邊打呵欠
我除了蹓狗下棋寫字唱歌一無可取
髮型後現代竹筒褲有十個補釘的褲袋

你原來沒看我我偶爾發現
同時也發現你的假睫毛與真眼袋

2020年1月15日

118）

尺蠖

收到消息，收到信，天要黑了
遠處的雲，四面八方湧來
只來得及看信封上的名字
一對老夫婦在身傍走過
他們身上沐浴露的氣味
稍稍沖淡天旱蒸騰的熱氣
這是什麼季節，何以沒雨

這是什麼季節，尺蠖前行
速度快，一路丈量地面的崎嶇
一路發出防滑的聲音，你穿著
平底鞋也是為了防滑，你知道
自己不可能摔倒翻身幻化成蝶

這是什麼季節，一群烏鴉飛來
遮住半個天空，空氣中
有小麥的味道，你想像
金黃如旭日的麥田，青色的路
漸漸臨近的雨雲，雨總是要下的
司機的車子，在前路的拐彎處

2020年1月16日

119）

張大千

史前洪水在體內泛濫
凌晨五時。我必須去盥洗室
解決。晨光熹微，半暗半明
幼獅文藝左右頁並列
刊出石濤米芾巨然等名家真跡
對應我多年來的摹帖。晨光熹微
甘肅敦煌成為夢的驛站
我在半島、島與大陸之間
流浪，尋找夢的下一站
傅心畬站著，我看到陽光
從側影我知道他來自北方

2020年1月23日

120)

南洋大學

在南洋理工大學的甬道
聊著歷史，一列盆栽帶著我們
走進，前南洋大學的五臟六腑

五百二十英畝的大學校園
搖曳生姿的相思樹
一夜之間被砍伐殆盡

二十五年校史與一萬兩千名學子
集體記憶怎可能是廢墟

殖民統治，英文至上主義
華文教育出來的是左傾份子
新舊政府都不允許

把大學生命實體煎熬成「南洋精神」
自我激勵的話，濃縮成一句

義唱、義賣、義演、義剪……
三輪車夫，德士司機捐出
他們一天的所得所需

雲南園，知識份子深邃的堂廡
行政大樓成了世界文化遺產
供後人遊客瞻仰唏噓

在甬道的盡頭
站著若有所思的陳六使

2020年2月1日

121）

七顆石

老人遊諸四衢，睡過橋底
他即興彈奏吉打，哼哼哈哈
調侃他人調侃自己，他的歌詞
士大夫聽了臉色發白
冬烘先生聽了不斷打噴嚏

他走出藏經閣進入紀伊國
處境而不住境，來回皆佛境
哪裡，哪裡去尋找還魂草
四更天在孟婆的奈河橋邊
蘆葦搖曳，他跨出去

沒有人知道老人的體內
埋伏著七顆石
七宗原罪可以組成騎隊
他在街頭表演，口吐七彩的泡泡
眾人驚呼：
那是舍利，那是舍利！

2020年2月9日

愛在流感蔓延時

讀《愛在瘟疫蔓延時》
疫情嚴重，他在上海
坐快鐵直奔武漢
隔天即封城，他一頭撞進
馬奎斯的小說裡

他的愛人在城市的某個角落
發燒，嘔吐，流涕，腹瀉
什麼都沒發生，或已經發生
細菌感染，病毒侵襲
他奔跑尋索，絕不放棄
愛情是對死亡的抗議

天陰潮濕，攝氏三度
民房店鋪於冷風中哆嗦
他從一條街走去另一條街
隱約的狗吠，遠遠近近
透著熟悉的幾聲女人的嗆咳
他轉入陰暗的巷弄
一個身體向他顛撲而至
人未到，痰的飛沫先到

分開之後五十年，他們見面
在重症監護室，相對無言
互相瞪視，臉部朝向對方

在焚屍場，他們保持
姿態不變

翌日，醫療團隊發出公告
宣布找到疫苗

2020年2月12日

123）

繡春刀

掀簾，簾向另一邊打開
風跟著進來，一把長刀
劃過，額前的髮
輕墜，酗咖啡而大醉，違反
常情常理常規，門砰然關閉
蝙蝠一屋子飛，溽暑的
下午，喝了兩粒椰青，倒立
趨前，鯉魚打挺，閃入眼簾
緋青綠，三色繽紛絢麗
是文禽武獸的明朝吏制

「來人可任錦衣衛
先見過東廠提督
職責除保護皇上
尚有其他安排……」

2020年2月13日

124）

蝗蟲有自己的理想

蝗軍啃掉肯亞的莊稼，密議
進攻還是撤離，它們像人類
需要開會，商討步驟與程序
激進的先頭部隊，四百億蝗
拒絕戴迷你口罩，闖印度北部
他們無懼冠狀流感，追求理想

這精神感染了大伙，它們決定
高歌前進，其餘三千六百億蝗軍
以每小時十五公里的速度
越紅海，掠過沙特阿拉伯
挑戰巴基斯坦的塔爾沙漠
喜馬拉雅山，進入新疆
返回西藏，順道拜訪
闊別經年的南洋

南洋的抗疫性很強，歷史賜予
印尼、新加坡、馬來亞半島
被皇軍侵略佔領的殖民經驗
三年八個月的殘羹冷飯
顛沛流離，朝不保夕
家裡最缺乏的是隔宿食糧

仿李乾耀老師書法，正在練著
「皇」與衍生的「蝗」二字

撤捰如入無人之城無米之鄉
一恍神竟然跌入幻想
所述蝗災全屬虛構
如有雷同，尚請原諒
凡所有相，皆是虛妄

2020年2月19日

125）

康熙與西學

天濛濛亮，我與圖里琛
走過御花園的亭閣台榭
腳步莊重拘謹，我們
在宮廷搞現代主義
太監碎步疾走，像企鵝
不可能進步。萬有引力定律
得傳開去。我的長短句
晃啷晃啷……音符一粒粒掉落
掉在石板地，地心吸力
對，這比蘋果掉在牛頓頭上
更能引人遐思愜意

我們矯裝轎夫，抬著華妃
於三更時分鑼梆敲響進入
紫禁城的內宮，赫然發現
養心殿坐著康熙，正在翻閱西方書籍：
科學、醫學、天文、物理、幾何、數學、氣象
學、軍火武器
噢，他拿著的望遠鏡，正轉過來，朝我們這邊
觀望
圖里琛，快走！

2020年2月24日

＊註：圖里琛是康熙最信任的大內侍衛領班，
　　三品官。雍正繼位之後，他仍任御前侍衛總

管，並代表清廷與俄國談判，解決領土主權爭議。一介武夫能文能武，還懂俄語，如此「現代」，我當然要與他合伙。

　　康熙八年造的天文望遠鏡，歷時四年，在康熙十二年完成。

126)

奉皇帝口諭

朕批閱奏摺，時而養心殿
時而乾清宮，流感再凶
病毒細菌找不到朕的影蹤
朕是你們頭上的朗朗乾坤

在位二十二年，在野十五年
即使東北季風吹襲，洪水泛濫
朕穩坐龍椅，你們，哼
只能困守一隅，即使
你們簽了SD，朕也知道
整伙人打的是什麼主意
朕的江山，朕即江山，沒有
皇子繼承大統的問題

朕有一大堆孝子與不肖子
千秋萬世，耄耋之年破局
破壞，法制何如一人專制
橫跨大漢山，爽，朕是
九死不悔，曠古爍今，中外第一帝

2020年2月26日

127）

級長威權論

我拒絕當級長
除非老師把一半的教室圈定為我的屬地
授權我可任意挪用同學袋裡的零用
批准我在教室裡頤指氣使，跋扈無比
允許我站在桌上指手劃腳，指天篤地

我拒絕當級長
除非老師安排三份之一的教室與我五口通商
授權我攜帶各種零食飲料在此售賣，仿似小半
爿食堂
批准我進出教員休息室表演單腳喝奶絕技
允許我與玩具貓機器人真的狗狗玩追逐游戲

我拒絕當級長
除非老師負責我每天的交通接送
授權我打亂鐘，讓眾同學狼奔豕突
拿著公事包的校長，指揮交通的董事長
摀著耳朵怕雷響的女生，拿著掃把的校工
全誤以為是火警衝進大雨滂沱中

我喜歡想像自己當級長像當亂世的總統，不，
梟雄

2020年2月28日

128）

會議恰恰恰

召開特別會議勿忘留一些空間
我們曾經走在你前面，那時的
空位多，哪來那麼多民怨
為了國家你付出太多
寶貴的跳舞時間，恰恰恰
為了社稷你晝伏夜行
為了多了解民情，恰恰恰
我們三人坐在你的身邊
不存在的存在，歷史打臉
你的臉皮厚，無關痛癢
好，我們不跳恰恰
換成臉貼臉的探戈
再換成妖嬈多姿的倫巴
你步履蹣跚，跟得上嗎

2020年2月29日

129）

方向看風向

這浮誇的時代，最適合從政
最適合放風箏，不外乎拉拉扯扯
隨風搖曳，方向看風向，無需被
鎖定，如果不巧遇到驟雨
大不了跌到別人的屋頂
這險惡的時代，不外乎陳倉暗渡
爾虞我詐，臥底安插對手身邊
不外乎聲東擊西，言不及義
這個背叛的時代，最宜見機行事
有時做蘇秦有時張儀
遊走於跋扈的諸侯之間

這是嗓門大的時代
出一言而天下景從
放個屁而江山轟動

2020年3月1日

130)

樓頭

樓太高了不許他回首
濁酒解決不了你的鄉愁
你在城裡等著握他的手
他在城外找不到渡頭

2020年3月1日重修

131）

勸告

看到雲掉下來，不宜驚訝
看到嶄新的官車停在門口
不宜亂走，所有的事都可能發生
所有的事本來是天下無事
庸人自擾不宜煩惱
可以選擇少思考多睡覺
可以選擇少睡覺跟著新聞跑
在電視上看到聚集，聽到口號
不宜好奇，不宜伸出頭去

停在門口的官車剛剛開走
鎮暴警察部隊迅速趕到

2020年3月2日

132）

敗壞

世界一夜之間敗壞
月亮在白天出來，坐在茶室
留意今天突然增多的車輛
衝進衝出塵埃，他拿起手機
向朋友留言，表達了
歉意謝意，不捨依依
聚合離散，心無罣礙
功名利祿，像浪花，曇花
萎謝得飛快，來不及關懷

世界不是一夜之間敗壞
世界一個世紀以來都在敗壞

2020年3月17日

133)

勤務兵

壕洞裡的水一寸一寸地漲
冬季開始的最後一次戰役
敵軍離我只有三百米，更遠的
是模糊難辨的松林，霧靄彌漫
我對準每個衝上來的人開槍
一九四九年護送首長逃離重慶
首長62歲，我勤務兵26
雙腿中槍，經國先生探望過我
臨危不懼一心護主換來塊勳章

總統府的授勳典禮莊嚴凝重
我聽不見司禮監叫我的聲音
我的耳膜破裂，跟不上唇語
我被攙扶著，走上台
我被攙扶著，走下台
一上一下便是五十年

2021年3月22日

134）

聞東方日報即將停刊

老人家坐在搖椅上在黃昏時分讀報紙
貓咪靜靜地，無所謂地吮它的手指
狗比較野，它在對面的椰樹繞圈
研究套套理論，如何重複自己

夕景遇上殘紅，火燒雲紅了天際
一個中年人在庭院甩手踢腳
他是坐著的老人家的兒子
他是遲了回家的孩子的生父
他是一家之主，做完體操之後
他便是主廚，老的少的晚餐，他煮

2021年3月25日6:46 pm

哲學對話

放下康德
放下黑格爾，放下胡塞爾
放下黑胡椒與薄荷
（微微感冒，據說能增抗體）
翻閱孟子七篇最難解的《告子章句》
告子與孟子的對話，他們
用吾人既熟悉又陌生的漢語：

「性猶杞柳也，義猶桮棬也；以人性為仁義，
猶以杞柳為桮。」

孟子曰：「子能順杞柳之性而以為桮乎？將戕
賊杞柳而後以為桮也？如將戕賊杞柳而以為
桮，則亦將戕賊人以為仁義與？」

告子廢然而退，兩千三百五十年後
溫子悚然呆立於中廳
那兒離開冰箱有三尺三
他竟感覺到道德沉重
仁義如倏然打開的冰箱
一陣一陣，颼起的冷風

2021年6月17日1:30 pm

136）

疫苗消費

期待秋天，期待第三劑
一個男人從中藥店走出來
他攬抱著大包小包的草藥
心情特好，他比誰都快
夏天才開始，秋天還沒影子
他已經坐擁疫苗第十劑

2021年6月20日

137）

右頰

右頰紅，東北犀利的太陽
迎面撞上，那一年奔赴西安
見到介石，手腳受傷
他的心很亂，我不能亂
南京一眾軍頭舉手表決
主張空襲咸陽，夷平嶺山
我手按聖經，告訴大家不能亂
楊虎城渭水稱霸，學良可以談
國共聯合抗日，民意沸騰
如此局面，一定要緩一緩
即使不能救中國
先為介石緩頰，留住青山

2021年8月5日

138）

吉隆坡：陸佑律

久矣足不出戶，偶爾踏出家門
如臨大敵，步步驚心
每一步都可能踩入淵藪

你走後我無力支撐
血壓卻有力地飆至一百五十五
回憶是病毒，所有的計劃
掉落地面碎成扎腳的玻璃
信念還在，實踐無期

車子從一條街拐去另一條街
經過陸佑律，看見一九六四年
陸老的兒子陸運濤墜機於神崗
帶著他昂貴的相機與花香鳥語

車子停在藥材店與西藥行之間
我兩頭都斟酌買了些藥
轉身之際，看到你側身
走出餐館。你沒帶口罩
步履跟蹌艱難，我飛步
向前，不及攙扶
……………………
………………

後來的事我忘了
只記得你喝清酒我喝清水
你寫帶血的歷史
我寫惹笑的敘事

2021年9月2日

139)

紅塵堪刮

夕暉嫣紅肥碩，春天在天
秋天在地，中秋在中間
我在城裡唯一的道觀
趴伏地面聽海峽的潮
我好像聽到什麼，不肯定
那是風和浪的廝殺
還是馬的哀鳴
楓葉開始紅，苦楝仍然紫
把道觀的裡裡外外打掃乾淨
無法掃除的是那一小方紅塵

我猛猛用匕首去刮
滲出來一粒粒的血點
像芙蓉的花蕊，凝定

2021年9月10日

＊註：芙蓉埠（Seremban），詩人陸之駿出生
地。這一年陸因血管剝離心臟遽逝。

140）

畢業

我剛講完一個觀點，噗的一聲
整個論述即泡沫化成了一杯
沒放糖的伯爵茶，我啜了一口
輕聲對身側的博士生說
記得答辯時不要提起我
勿提詩書禮樂教化
他顯得有點驚訝：「老師……」
真的，我將遠行
不想任何人記罣

2021年9月11日

141）

呂布：我和春天有一個約會

早上起來，中秋來訪
我起得晏，獨坐玄關
一恍神，以為自己在軍帳
秋風颯颯，風扇在旋轉
前一刻，我在四川與一群莽漢
討論怎樣收拾文字收拾行李
收拾心情，去浮羅交怡曬太陽
中秋不忘月餅、冬棗，我獨喜
手持燈籠，拿著方天畫戟
布署三英戰呂布的好戲
在漫天飛舞的沙塵裡
春天在哪裡？貂蟬，妳在哪裡

2021年9月21日
辛丑中秋

142 ）

鞠躬禮

綠林好漢路經此地
戌時下馬，累了睡去
蔚藍的天空蘊釀著下雨
秋蟬瘖瘂，苦楝如昔
路人甲乙丙丁竊竊私語

走進墓場，天剛放晴
大家把外套大衣脫下吧
向比自己先走的人
行個禮

2021年9月24日9:00 am

143）

格陵蘭冬季

你走的時候交給我一大堆的雪
我盤算著用多少火爐
能讓雪解凍，讓雪消融
始終不能從你多音節的語言
逮住主詞，還有踏雪無痕的
動詞，而受詞呢，只有大喊救命
它才從igloo伸出援手
告訴我mukmuk靴，裝滿了
漫天風雪的格陵蘭初冬

二十四種雪，炭火前歡呼
訊息，不可能被永遠禁錮
愛與關懷藏在內裡
海豹，鯨魚，北極熊，北極光
隱藏在名稱不一的冰雪深處
東家長西家短必須傳播
我們只有十五萬人的少數
十五萬人的喜怒哀樂
排排坐全是天狼星的成員
格陵蘭沒理由把消息封鎖

2021年9月25日修訂

144）

火燒雲

等你喝完高粱，已近凌晨
起義的事，留到下次又下次商量
重設科舉，再舉孝賢
你是新科狀元，我是翰林院編撰

秋高風急，似天亮又不像曙光
干戈響，於雲端，隱約聽見
更夫的鑼梆，是我的心跳
沙漏將盡，時間已過五更
離開窗欞，等於離開了你

再現代化淪為口號，水餃老闆
與其他粉檔的老闆商量妥當
態度堅決，要賣小size的餛飩
短小單薄，市場接受這些
大伙兒就提供這些，一士諤諤
怎辯得過市井侃侃？我決定

打開門戶，把火燒雲迎入正廳
在天未大亮，敵騎未動之際
用天火燒掉來往的信札、信物
從此洗心革面重新做人
退隱泉林，與陶潛只聊四季五穀
擁蠶絲被而眠，計算糧食

噴點香氛，一湯三菜
不必等待，再無罣礙

2021年9月4日大雨初稿
2021年9月27日重修

145)

金寶

一九四一年年杪，母親
帶著大哥從金寶撤退
人潮洶湧，他的頭左右晃動
褐青色的，英國坦克部隊
一部接一部在身旁疾馳向南
哥記得當年匆忙中掉了奶嘴

我從沒吮奶嘴，誕生那年
日本佔領軍不許奶嘴售賣

2021年10月20日

146）

Slovak Zizek

齊澤克缺席研究他自己的研討會
他手上準備宣讀的論文
在南京大學的一場驟雨中淋濕
他患了重感冒，出席視頻會議行為不當
不戴口罩也就罷了
還一直濞涕
像黃河決堤
他的黃色笑話
聽眾笑到一半即止
他曾經說過燭光美過月亮
月亮是喻依，燭光是喻體

2021年10月31日

147)

楓橋再泊

月落烏啼，在船上沉沉睡去
我為何來此？為誰停留？
將往何處？醒來發現
日誌上沒有片言隻語

江楓漁火閃閃爍爍
打著旗語，蘊釀殺機
寒山古寺，躲著我的仇家
還是藏匿著我的徒眾？
三更時分，暝色如墨
分不清敵我，揮劍向前
竟擋不住迎面而來
排山倒海的鐘聲

2021年11月19日晨起

148）

得換姿勢了

坐著穿褲
以前是金雞獨立姿態瑜珈
不可擠巴士
以前有能力擠東京的快鐵
避開水浸的路
以前是蜻蜓點水無往不利

記得上樓膝蓋的壓力是五
下樓的壓力是七
上樓容易下樓堪虞
一躍而起搞不好跌倒
想當年啊少年武松
從茶樓，一躍而下
追趕逃命的西門慶

2021年11月29日

149）

從櫃台到櫃台

認真生活，熟悉時事
政局，每次出去，揹個照相機
挺腰昂首，步伐矯健
入黑就寢，心裡總無法平靜
夜的冷漠是廣袤的沙漠
白天太多流血與鎮壓的故事
等著報導，評議
我在這裡，其實我不在
這裡。我希望陪伴我的
是家裡的書籍，盆景
鴿子，小狗；可我離不開
牽著我走的行李

認真生活得親睹
什麼是改革，什麼是革命
誰在藉上帝之名，做撒旦的事
自己在世界的這裡，其實我不在
這裡。行李帶著我從櫃台到櫃台
從機場到機場，我看到的貨幣
兌換商面孔相同，口音大異
枕頭，筆記，鉛筆，菜譜，電話
我每次都懶於調整空調，瑟縮
在被褥裡，顫抖。發霉的記憶
關掉燈，沉浸於夜色如身陷浮沙
分不清美羅河還是汨羅江，分不清

台北抑或台南，是一百年前的
香港，還是一千年前的黃埔
我只是個採訪記者，被派往
語言混亂的烏克蘭首都基輔

2021年12月3日修訂

150）

雨季開始

我躊躇沉吟，細數我們見面
的時間，感覺離開的你仍在
大風掠過松杉，六個小時的雨都是你
桌上的檸檬伯爵紅茶顏色深化
你的患難加上杜甫的反戰
你們本可以在同一條路上
為正義發聲，為民族請命
你們著筆猶豫，我在狹縫喘息
錯過陽光，滿地盡是水沆
我只能回憶你如何愛護一花一草
我只能看你如何一寸一寸被忘掉

2021年12月19日

第五輯
人長久茶坊

2022

151)

殘餘

哪兒來的驟雨，不及收拾心情
我迅速把皮鞋攜回大廳，捨棄台階
相忘於江湖，潮熱的天氣
猝然的雨，正如朋友猝然離去
如何收拾，過去十年，見面僅三次
破絮的記憶，2022年元旦
夢中隱約聽見你的哭聲，驟醒才知
那是遠處傳來的鞭炮，靜坐床沿
十指數完，始悟一生竟所剩無幾

2022年1月1日11:54 pm

152）

大寒中午

陽光燦爛，週四的飯檔
老闆告訴我，燒腩剛剛賣完
炒滑蛋荷那對夫婦休息
銀行拒絕休息，走廊站滿人

一條蜥蜴在我面前經過
我在陽光底下在手機屏面滑行
滑行不用滑鼠，近乎修行
乘著文字向前方、向遠方躑躅
尋思在那兒用午餐
兀立時空一角，陽光烈照
斟酌沉吟，給報館寫稿
議論物價騰升，如何與虎謀皮

我的日子是去台北去不成
獸在吉隆坡熙來攘往擠不進
我想到的沒法實行，我不去想的
正在如火如荼的進行，新年過後
荷包與荷葉一樣乾淨
方昂打電話叫我起床
我提醒方昂毋忘院裡疾行

2022年1月20日

153）

連續劇裡的死亡

剃光頭髮，對面的書行熄燈打烊
時間算得準，他把手槍插在腰間
租界的巡捕，左看右看
日本特務橫行直撞
法國公使官邸在左
英國領事館在右

兩名婦女，因故廝打，她們
狼狽，不忘揪住對方的頭髮
僧人躡步向前，參與圍觀
一部掛著太陽旗的官車倒退
其中一名婦女，迅速摔掉
假髮，他拔槍開槍
仰天跌倒，過程一秒
連續劇的間諜戰情節雷同
這次不同，報載男角與女角
均死於工作意外

2022 年 1 月 21 日 7:40 pm

154）

治喪委員會

他們的會議正在討論
怎樣收拾，漢語這塊福地
人人都是精英，能言善辯
個個都是蟲豕，能鑽能營
棺槨裡裝滿炸藥與圖書
一念可以點燃整個南方
先賢先烈都是詩人，軀體腐朽
精神不曾腐爛。治喪委員會議
討論如何處理這些老靈魂
如何入殮安葬，儀式得夠排場
廿四節令鼓震耳欲聾
沒有人聽見會議的議決案

2022年1月22日

155）

從南洋到南洋

南方茶室人來人往
咖啡的香，還在空氣中氤氳
人物桌椅在鏡頭前，定格
成了南洋紀念館
遊客喜歡拍照的地方
南渡之後，衣冠晾在群組
一隻鞋子丟失在九龍
另一隻扔在香港
華文線裝，古都西安
簡體繁體的漢字全在裡面
南洋子弟，今日的七旬老人
站在柔佛海峽的對岸
極目瀟湘，目睹，見證了
烏鵲南飛，繞樹三匝
尋求認同，尋找歸宿
西方的旌旗過處
南方葉子紛紛跪安

2022年2月20日

156）

雛菊

在邊界蹓躂，鐵道邊緣
總有些散落的雛菊
後來我和小同伴有了腳踏車
顛簸在鐵軌旁的碎石
看荒野的流浪漢，坐在暮色
叼著一根煙，數著分秒
他盯著地上的泥濘，把時間
分成東、東南、西、西北
四個戰區

（以上是一部黑色喜劇的場景）

電影用比坦克淡一些的色調
陰鬱灰暗，波蘭一帶的伏兵
用電腦處理，每個人的樣貌
不一樣、其實都一樣
混淆AI辨識，保護
演員與工作人員安全領飯盒

2022年3月24日

157）

狙擊手

當坦克與迫擊炮驟然文學結社
研討會於是行動化為軍演
站在台上發言的是作家
台前一列花卉盆栽
台下是列隊行進的海陸空書種
導彈展示它們沉重的英姿
防止貓狗入場撒尿拉屎搗蛋

他在閣樓的隱蔽下潛匿
狙擊手的任務是找出病毒
和被病毒感染賣到天價的
橙色帶紅紋的鬱金香

槍準在花卉間游移
「砰！砰！砰！」
穿公主裝的女生緩步走向領導
汽球升空遮蓋北方的天際
男女混聲詩朗誦響徹雲霄

2022年3月25日

158）

無人機

十二年前的膀胱石，1.34公分
心理壓力不大，肉體的痛真實
向馬斯克求助
他派遣過來無人飛機
準備用雷射爆破
飛機系統終於找到我頭上的天空
找到我的腹部，飛越我的內褲
無人機的道德標準是不能探人隱私
AI告訴系統，此人混身上下
沒核設施並非軍火庫

無人機嗡嗡飛走
它比蒼蠅更像蝴蝶

2022年3月30日

159）

早安詩

白鴿帶著紅玫瑰，滑翔
下方是血色的土地
一個受傷的士兵，俯身
看足踝，長槍在肩上冒煙
廣袤大地，如夢初醒

遠處的山谷，被霾霧包圍
敵人乘晨光未亮，迅猛前進
他艱難的把情報寫在葉片
縛在鴿子的腳上
向上一擲，白鴿飛起

一粒子彈，打中了他
遠方一棵蓊鬱的樹
看著鳥飛人倒，它痛恨自己
沒能攜手春天早些趕到

2022年3月31日

160）

手榴彈拋來拋去

瞳仁前面有蛛網
眼乾目澀，字體模糊
辨識不易，你我向前衝去
無限回歸，是無限的遠離

近視與老花，同在
愛與恨同在
兄弟我要殺過來了
建議你擲粒手榴彈
招呼熟悉的不速之客
我會奮力把榴彈拋回給你
家國面前，只有你死我活

2022年4月1日

161)

老子一夢十年

睡在電腦鍵盤上，不是第一次
睡在客廳上，也不是第一次
睡在門口玄關，是第一次
惺忪著雙眼，目睹坐著青牛的
自己的背影，往函谷關走去
戍衛的士兵，捧著一把機槍
嗓門很大，天鵝烏鴉穿梭飛行
我把《道德經》交給衛隊統領
他交給我一份報紙，頭條新聞：

二零三二年俄烏戰爭光榮結束

2022年4月2日

162）

春天的問題

春天的腳步響起，冬寒仍然凜冽
煤炭，石油，天然氣，三者兼缺
往常洗個淋浴，每小時82便士
今天漲到1.65英鎊。馬克龍提出
解決能源危機的方案是不添油
共車，在辦公室在屋裡穿綿衣

有人想到一家五口共同淋浴

春天的鐘聲，它來自戰地
來自教堂，還是來自地中海？
那兒的難民走在人道走廊
他們是在告別，還是在等待？
他們是在離開，還是在回來？

2022年4月3日

163）

私函

很高興妳來了，曾經以為
小鎮是妳的，妳從不曾離開
或者離不開，居民瘦了，老了
留下的屐印，再找不到了
學校的建築，斑斑駁駁
郵局不知搬去那裡
來到小鎮，只想坐下來
寫封信告訴你，在失憶之前
我還是，無法抗拒的想念妳

上一次在裕美成茶室，見面
喝茶，眨眼半個世紀
一九六五年後我沒再寫日記
我的〈一九八四年注腳〉
其實完成於八三年的秋季

很高興妳來了，那麼我就無需
想像另一個人來代替妳

2022年4月4日

164)

烏克蘭下雪

知道那兒沒有出口，是盡頭
知道上山的路，是下山的路
知道下午過後，迎來明日的上午

駕著車，在上班的路上
公文在面前一頁一頁翻過
是的，我曾經在十七歲那年
翻牆採鄰居的愛情果
是的，我在七十歲後
才感受當年跌傷的痛楚

一切沒有發生太早
也沒有發作得太遲
基輔的一個記者通過手機
告訴我烏克蘭初春下雪
他的聲音遠而隱約
我的車子停在紅綠燈前

猛然一踩油門，過！

2022年4月5日

165）

雪花飛颺

在不遠處的時間隙縫，埋伏著
一枝長槍，準星在我的
童年、少壯、中晚年之間游移
我的後面是圖書館，再往後是
寺廟，側旁是道觀，稍遠是
更大的圖書館。

這是我所有的據點
我不能透露我的所在地
不能吱聲，拼命按捺要衝出的
衝動，我不知狙擊者
還剩多少耐心，我知道
他的子彈即將用盡

一路追殺，彷似一生的追求
周邊的朋友一個個倒下
我的雙腿瘓軟，感覺遲鈍
雪花飛颺，飛颺如綿絮
無關痛癢但又無比重要

我想撤至石橋看冰皮始解的
猶疑，看河，看河裡的游魚
你對我的行動必定愕然
來不及扣扳機把我射倒
我跳進河剎那形成風暴

橫亙十萬平方公里的冰雹
把你團團圍堵不留縫隙
不打冷戰，它靜靜揭幕

2022年4月7日

166)

染髮出城

登高一呼，群山環繞，毫無響應
枝椏有些動靜，葉叢搖曳
蟲豸奔竄，不為人知

一夜白頭，因為忘了染髮
你沒有黑著頭在江湖走
有一段時候，你沒出來散步蹓狗
不知不覺，已經九季

此次出城，遠走他鄉
老聃坐青牛出潼關，插畫圖片
所有的牛，老的少的、肥的瘦的
皆灰黑，或乾脆黑到透
你覺得夠牛，就索性染青
泡在大染缸，再冒出頭來
細細自審青紅皂白

2022年4月9日

＊註：建議讀者參照〈染髮出城〉的前身〈染
　　髮入城〉（2019年12月19日），頁219。

167)

未能成詩便死去

第一節寫醫院的急電
第二節寫醫院的噩耗
余光中的五人女生宿舍
可能出現的男嬰，夭折
他沒有要求北約派專家救援
他繼續在台大外文系講莎翁
著名的輓詩Cymbeline
丁尼生臨終之前讀的那卷書
它詠嘆的是生的煩惱，和死的恬靜
生的無常，和死的確定
它詠嘆是死的無所不在，無所不容
它泛論死亡的omnipresence
和死亡的omnipotence
像高音速導彈，天上地下
防禦與發射系統雙向配置

第三節寫喪禮，向前來悼念的
友儕學生惜別，客套難掩哀傷

2022年4月10日

*註：「請問余光中先生在家嗎？噢，您就是
余先生嗎？這裡是台大醫院小兒科病房。我

告訴你噢，你的小寶寶不大好啊，醫生說他的情形很危險……什麼？您知道了？您知道了就行了。」「喂，余先生嗎？我跟你說噢，那個小孩子不行了，希望你馬上來醫院一趟……身上已經出現黑斑，醫生說實在是很危險了……再不來，恐怕就……」

　　「這裡是小兒科病房，我是小兒科黃大夫……是的，你的孩子已經……時間是十二點半，我們曾經努力急救，可是……那是腦溢血，沒有辦法。昨夜我們打了土黴素，今天你父親守在這裡……什麼？你就來辦理手續？好極了，再見。」

林語堂的心事

怎麼一串珍珠說斷就斷
怎麼一店的璀燦要關就關
怎麼要走就走訂婚不見蹤影
怎麼要愛就愛爸爸媽媽妳全不管

撒落一地也是好的，塵歸塵土歸土
店員呢喃如牧師布道，經理像神父
我以前寫過A Leaf in the Storm
我的幽默小品處理過茶杯裡的風波
我不明白自己開心大笑眾人以為我在哭
我坐飛機來回中美兩國坐輪椅過紅地毯
大家的神情何以那般凝重肅穆

我記不起來我多久沒上班
我記得59歲那年我被聘任南洋大學的校長
我後來多方打聽，林語堂故居由陳大閎設計
我多次想找他聊陽明山花季
我絮絮不休的話，他一句也沒聽進去

2022年4月12日

＊註：一九七一年一月某個夜晚，76歲的林語
堂在台北赴宴，突然有人告訴他家裡出事。

林語堂最寵愛的長女林如斯，在家中自縊死去。林太乙發現父親自從姐姐死後，整個人都變了，彷彿一夜間老去。

如斯七歲便能用英語跟隨父親寫作。十多歲的如斯還替父親的英文暢銷書《*Moments in Peking*》（京華煙雲）寫過序。女兒為父親的書寫序，轟動中外士林，一時傳為佳話。如斯在訂婚前的一天與美國男子狄克私奔。狄克是個浪子，不務正業，得到如斯後待之猶似敝屣。10年後她擺脫狄克，回到台北的家。由於內心痛苦對父母愧疚，她終日恍惚，神智終於失常，不斷進出精神病院治療。

林語堂的次女林太乙，有一段文字寫林語堂在大庭廣眾，眾目睽睽之下突然情緒失控：「聖誕節快到，我帶他到永安公司，那裡擠滿了大人小孩在採購禮物，喜氣洋洋。他看見各式各樣燦爛的裝飾品，聽見聖誕的頌歌，在櫃台上抓起一串假珍珠鏈子，泣不成聲……。」

169)

悖論

起床看天，天垂人間
遠看煙火，近看是戰火烽煙
我什麼都不能做，把琴弦校好
在廳裡唱歌，然後在房內踱步
為一個句子找不到韻腳焦慮
為一個沒法用顏色形容的意象
滿頭大汗，擲筆屢屢

天色在六個小時後便亮
天色昏暗更自由敢思想

2022年4月13日

170）

四月十三日的舍利

> 女媧煉石補天處
> 石破天驚逗秋雨
>
> ——唐‧李賀〈李憑箜篌引〉

你們把天穹打成一個個窟窿
我手上的石頭那裡夠拿去糊
一顆震撼彈給了賈寶玉
一顆照明彈給了出差的司機

石破那剎那，外面下著雨
暗邦的氣象報告一時正有風暴
結果下午三點雷雨才至
正如戰場的各種情報
過甚其詞，誇張造假

陽光灼熱，我的尿道灼痛無比
四月十三日什麼事都沒發生
除了痾出形似彌勒佛的
一公分長0.55公分寬的舍利

2022年4月13日

171）

晨起聽教宗說話

知道第三世界大戰開始
我決定賴床睡覺
不理世事
待會兒起來，我會努力
刷牙抹臉，做一個七歲
學童做的事。五十年代
沒學會勤勞，三次世界大戰
我得學燙衣、摺衣、洗手絹
困難是什麼顏色，我不知道
困難是什麼，我在猜測
困難是手絹擦破的微響
困難是手在顫抖因為累

2022年4月15日
倒數351天

172）

紙本《阿飛正傳》

我不是沒有腳，是把雙腳
藏匿肚腹，不想母親認出
她應該好奇沒有腳的鳥雛
這些日子怎樣過，人潮擁擠
我能去哪裡？她不想與我見面
沒關係，我早已不再生氣

我只想在高空做夢和休息
我也不想她看清楚我
我沒理由滿足她自私的好奇
她好奇的自私使我沒了過去
她滿足了，我卻永遠匱乏
每次她笑的時候我都哭著離開
這次我笑著離開讓她嘗嘗
什麼叫放棄，什麼叫拋棄

2022年4月15日

173）

三分鐘的阿飛：梁朝偉

張國榮在顛簸的火車廂裡昏睡
一個槍手莫名其妙的向他開火
他不知情由的死去
他的暴斃是另一個阿飛的奠祭

出現三分鐘，留下疑團重重
梁朝偉撫鏡自照，整理頭髮
撫平西裝大衣，昂胸直立
側面測體態的弧度，把領帶弄好
調整叼煙的姿態……同一時間
另一阿飛穿上紫色的長袖上衣
傍晚穿白色短褲踩腳車去讀書

後來的阿飛戴太陽眼鏡
參加各大都會的斧頭幫
參加救世濟民的共濟會
分道揚鑣，各行其是
在江湖上撈得風水起

他們的聯絡方式，一個先說：
「一九六零年下午三時之前的一分鐘
你跟我在一起，因為你記得那一分鐘」
另一個回答：
「我們由一分鐘的朋友
變成兩分鐘的朋友」

然後他們在高速公路飆車
向風速挑戰，向風險挑戰
向迎面而來的汽車，挑戰

2022年4月16日

＊註：張國榮去菲律賓尋找生母，他的腳步舒
緩，慢鏡頭配上一段張國榮的旁白：「我終
於來到親生母親的家了，但是她不肯見我，
有人說她已經不住在家裡了。但我離開這房
子的時候，我知道身後有一雙眼睛盯著我，
但是但我是一定不會回頭的。」
　　獨白剛告一段落，周邊的景色似乎亮麗
許多，隨著一段音樂，張國榮繼續說他內心
的話：「我只不過想見見她，看看她的樣
子，既然她不給我機會，我也一定不會給她
機會。」
　　上述是電影《阿飛正傳》的一段情節，
張國榮曾經問過他的老友劉德華有沒有聽說
過有一種沒有腳的鳥，它一生下來便一直飛
啊飛，累了便在風中睡去，因為沒有腳它一
落地便死去。劉德華的反應是木然地笑笑，
沒說什麼。

174)

高速公路飆車

群眾發表輿論，本身不是法庭。
——Pierre Bourdieu

他把煙頭在路邊的圍欄捺熄
高速公路在前面，也在後面
天堂不遠，夢在天邊

雨從童年下到今天
老師說的故事太多教訓
那些好學生最喜歡指指點點
說我和我的隊友未臻成年

我們挑戰過大道的交警
他們的藤條掃過來，我們的
摩托車一翹首便飛越過去
像導彈，像火箭

聽說遠方，冒起烽煙
我們就衝過去吧
波羅的海，不，死海是
目標，才是我們的終點

2022年4月22日

175）

心學：關於選舉

放下了杜維明
去超市買了一盒ice cream
舐著工業東亞，游弋太平洋
這年頭，回鄉投票的人不多
選出來的嘴臉十年如一日
共和黨走了，民主黨做莊
大家比賽的是誰更瘋狂
拿起杜維明，打個招呼
學習王陽明的絕藝，看他
如何應付兩頭豬：

寧王朱宸濠昏君朱厚照

2022年4月23日

176）

身世

老年辭我，敝屜如何復新
中年是回憶，少壯是午寐醒來
窗外的鳥啼，俯瞰童年少年
在花園裡，追逐的模糊人影
是那個瘦小敏感堪比李賀
二十歲即蹣跚跌撞的貴冑

老年辭我，正如被公司解僱
走在十字街頭，聽人群在歡笑
喧囂聲中的興奮，突然轉為
哀傷，在快步如快遞的匆忙
我丟失了什麼，一句笑容
是的，一句問候語

飛身灌籃與急跨機車
分別不大，而立在及冠
不惑在知命，花甲在古稀
巴比塔一層一層跨上去
洪水退去，彩虹在哪裡

一間愈做愈萎縮的花店
滿地狼藉是撕碎的花紙
不忍收拾是剝脫的花卉

2022年4月23日

177)

時
維
四
月

時維四月，天涼，凌晨五時
總會有雨，零零散散，好像聽見
只是沒聽清楚、日子、時間
無法把握。三十年前的
某個傍晚，約好在大人餐廳見
你佇立門口左側，他於右側痴候
那一年，啊，那一年，金河廣場
輝煌，它連接著武吉免登廣場
地面的砌磚一邊淺綠一邊粉紅
女生都美，男生亦不遑多讓

九時十五分鐘才驟地發現
遲了一個小時又四十五分
餐廳即將打烊，經理在店前
東張西望，詢問他們是否是大人
的貴客，赫然發現，兩者的
差距是五十英尺的海角天邊

九點半點菜，他們叫了套餐
她靜靜地說她即將赴歐
她把卷軸打開，裡頭是精緻的
點線畫，他說自己在新通報開了
個文化專欄，用客氣套語掩飾
心裡的不安，與不祥的預感

他知道見面僅兩次的人要走
他甚至不能把不捨得說出口

他沒送機，妳千叮萬囑他別去
三十年後，時維四月歲在壬寅
時間七時半，他在manjakaki
枯等，輪候腳底按摩與推拿

《新通報》在1994年，她走後
的一年半，突然停刊

2022年4月25日

178）

時維四月：補白

他遲疑的問：
何以不許我去機場送行？
攪拌著橙汁，妳頷首而語：
「我擔心我忍不住會哭
瑞庭，捨我一刻讓我靜」

我在餐巾寫了兩行字：
既然石階的雪會融，
何必遠眺萬里冰封？

妳笑了笑，提醒我
餐廳燈光在轉暗
世界在十時打烊

2022年4月26日

179）

夜讀滿文

不要問我為什麼觀察夜空
風從虎，雲從龍，躍動從容
讀滿文，不知句讀，抑揚頓挫
一個段落，停泊多次
一聲沉吟，多少音韻
細膩入微，如老僧打坐
透過雲端與冷霧
鎖定康雍乾當年想說什麼

一架無人機，凌晨飛過
突破俄西南的防空系統
炸掉一個軍火庫

2022年4月28日

180）

寂寞詮釋

這就是寂寞，像倒懸的
國旗，在風中來回跌撲
渴求什麼，都沒有下落

這就是愛國，它像愛情
說親近就有多親近
說疏離就有多疏離
一葉浮萍更像它的定義

我是戰俘也是囚徒
國與國之間的換囚安排
輪不到我，我交出自己
怎麼可能又收回自己？

逼擊炮比風雷躁進
比紛飛的彈殼熱情
子彈上膛幾秒鐘的專注
與懾人心魄的寧靜
——這就是寂寞

2022年4月29日

181)

歿前

在戰時醫院，上尉看到最多
掛著繃帶的四肢，頭顱，血液
乾了留下的瘀紅，急縫數十針
他清醒了，但是沒有人知道
他身上帶著戰地的重要機密
捱了半小時，在失語中睡去

2022年4月30日

182）

戰術導彈

我們是少數族裔
他們是多數族群
我們大家打聲招呼
我們大家打好領帶
在走廊的這邊握手
在馬路上慢行急走

生活細節各自安排
跳街舞，表演孵蛋
滾輪溜冰在高速
公路擦出高壓靜電
拖曳著巨型貨車，想像
自己是圓點──U導彈
疾駛的巨型卡車
是改裝了的，移動的
一個願打一個願挨的
軍火庫

2022年5月3日

183)

五四炒滑蛋荷

今日係五四，發覺已日過三竿
人在江湖吃滑蛋荷
為佐五四，多加粒蛋
為佐五四，炒粉須有鍋氣
廚師問：「咁嘅要求有地特別
我必須洗乾淨依個鍋
另外搵的靚菜心，肉片
切得薄，唔會哽喉哽肺
一句話，唔使死！」

2022年5月4日

184）

從情到愛

想像妳是個滿族女子
幼年學過騎馬、射箭
中年妳遇到一個持著拐杖的
漢裔，用捲舌音說話
他經常提三千年文化
他們用眼神，溝通
用自己發明的手語聯繫

他們都喜歡梅花與雪花
他們在傳遞改朝換代的訊息
他們在交換從情到愛的祕密

2022年5月6日

185）

空椅

兩張空的塑膠椅子
一黑一白，不是顏色的問題
給一男一女坐，還是給一老一少坐
給老人家先坐？捷足先登
只是時間的問題，歷史積垢
椅子留下斑駁，那是多少人
留下的佇候或者休憩的痕跡

有人大步走過，陽光燦爛
五官輪廓，看得不夠清晰
還有更多往來的人，像一本書
接一本書在眼前來回巡逡
更多的時候是
佇立如陷入沉思的木偶
靜守如忠於防護的衛戍

2022年5月7日

186）

母親節前夕

夜色掩護，餐廳外的雨飄逸輕盈
我穿著單薄的T恤，鄭重詢問
一個中四的女侍應生的薪資
每小時7零吉，10個小時，中間
兩個小時休息，每日一次吃餐廳
另一次吃自己攜來的餅乾、麵包
「家裡弟妹，他們……」她沒說完

我不想討論童工問題。小手纖細
努力捧著，一大盤熱湯咖哩麵
我聽到她的其他同學，在廚房
勞作，我聽見碗碟碰撞的聲音
我寫著一首無題詩，我了解
我最好別把他們寫進去

「母親節，我打算買點什麼……」

2022年5月8日

187）

人長久茶坊

他在人長久茶坊等你
二十餘載的往事了
茶坊有人唱歌助興
自備吉他，燈光的角度
恰恰凸顯女生的歡顏

他已經中年，並不油膩
聽說他每天用文學洗澡
我相信。坐在茶坊
慢慢吮著冰了的蜂蜜汁
隨著他輕哼的歌詞
碎句遊走，忘記的
有時比記得的重要

他告訴我人長久停止營業
那天從早到晚都在下雨
他吩咐我不必陪他，不必
用呼呼機call他，不必

……一聲巨響，惹蘭辛炳的
轉角處，一把半新不舊的吉他
支離破碎，散落在街道
救護車鳴笛示警趕赴現場
除了路人甲乙丙丁，什麼人

都找不到，他的下落
迄今為止我也不知道

2022年5月9日

188）

閱兵

俄羅斯舉行閱兵禮
普京總統，只逗留
半個小時，隊伍緊張的
在排方陣，蕭穆的近乎
神聖；領導班子的神情
蕭穆近乎嚴肅；二戰
退役的老兵，專注地
檢視自己的勳章與制服

開齋節過後，母親節
也過了，市場出奇地靜
我坐在公園的長椅上
瀏覽手機上的訊息
一隻鳥掠過，口啣葉屑

2022年5月10日

189）

花開花落

留戀風鈴木盛開，他忘了自己
也可以開花結果，有人在風鈴下
迷失，忘記了閒聊留下的花生殼
大家私下約會，笑談，縱轡衝前
的街衢，打更人過，梆子敲響
剝花生，看燈火明滅，星辰齊齊
墜落。他趺坐在一地的紅色泡沫
據說這樣的堅持會讓人看到彩虹
他不信，他寧可相信自己在做夢

2022年5月12日

190)

端午

莫道仲夏無顏色
跌落溝渠，盡是藍
強秦鰲黑的頭盔護甲
鋒利長戈，汨羅江在應和
擊甕叩筑，彈箏搏髀
芰荷以為衣，芙蓉以為裳
我是，我們都是，註定在
楚天遼闊的大地上
槁葉般枯病水淹
最後被扒開，裡面
只有幾粒天花梅豆
配一薄片藕色豬肉

2022年6月4日

191）

北望

七七事變，巫婆飛上天
盧溝橋事件，豐台走失一名日軍
田代皖一郎中將發出進攻令
國民政府軍守住宛平城

7月8日奪回鐵路橋與龍王廟
11日日軍統帥部撤掉田代的華北司令
田代聞訊羞憤難當
就教於羽化成仙的嫦娥
如何是好，如何脫離窘境

7月15日田代遵仙子勸告
搥胸大咳，猝死於心臟病

2022年8月4日

192）

粵語詩一首

一男一女，姓名唔知
廣府人識少少客家話
佢哋在二十五瓦的電燈下
聚精會神奕棋
佢兩個好少講話
即使在七月七情人節
佢哋嘅興趣在棋局
偶然有話也與魚蝦蟹無關
與車馬炮的關係大些

有人大叫一聲「將你　冇棋」
那盞燈泡被嚇到dim咗一下
「起象頂住，我使驚？」
房間全黑，過河卒搵唔到
楚河漢界，只能一逕向前

2022年8月4日

193）

棋局

雨中奕棋仿似坐船夜游紹興
不遠處閃耀著百盛的霓虹
小舟偶然顛簸不是顛覆
只有茶沒有可樂，只有
花生米，沒有炸蠶豆
黑子白子都是兵，日曬雨淋
十面埋伏的，沉沉的殺機
黑白分明，比叛黨有原則
灰色地帶可能是你的或我的
領土，棄二子，輕鬆上岸
還是在小鎮一隅，雨將至未至
咱倆穿條短褲，搏奕一局有趣

2022年11月3日

《髳髴》後記

一

　　可能以後不再寫詩，九部詩集出齊，心願已了，可能轉軑寫現代散文。這部《髳髴》倒不能不交代一些細節。它的確是2018年出版的《傾斜》、《教授等雨停》與2021年印行的《衣冠南渡》再加上2022年幾十首近作的「選輯」。

　　《傾斜》收入的155首，幾乎每首都用到古代的人物、事蹟、典故，密密麻麻，這是冬烘老頭暮年反而喜讀古書的結果，是興趣的轉化；《傾斜》於2018年5月印行，兩個月《教授等雨停》繼之付梓。棄古典事物與歷史，用當代眼光看馬來西亞、吉隆坡，還有我對國家的感受與觀察，由潛默（陳富興）翻譯為馬來文，收入雙語詩80首。這大致是我2014-2018的成績。《教授等雨停》的人地事物，與馬來西亞密切相關，「在地特色」處處可見，這也方便潛默翻譯。桐城派、李商隱、林風眠、民國新詩史、慈禧光緒……翻成馬來文，讀者可能望之生畏。

　　《傾斜》的讀者以為我是「現代古人」，《教授等雨停》不見古人古物蹤跡，以為我數典忘祖，也可能拂袖而去。我的處境尷尬，「髳髴」成了模糊，於是我就鐵了心，要寫一部兩邊都傾斜的《衣冠南渡》。

　　衣冠南渡是父親那一代，我是中國移民的第二代，在馬來西亞土生土長，對早年的馬來亞，對今日的馬來西

亞有更切身的經歷，我不可能不關注馬來西亞，它的過去（歷史）、現在與將來。《傾斜》與《教授等雨停》各自選了20多首，從《衣冠南渡》（170首）選了超過三分之一，再加上南渡之後的近作拼貼成《髣髴》，這樣我就比較能捕捉到傾斜的角度，還有「髣髴」提供的旨趣與戲劇性設計的一點點驚喜。

二

　　一本書向五位名家邀序，我沒去查這是否是文學書籍的首次。我喜歡做別人不敢做、不去做的事。我討厭蕭規曹隨，1973年初會已故余光中，他說：「你的現代主義血液好像比我還濃。」余光中自承對藝術的愛好，他在好幾篇文章裡提到他是個藝術的「多妻主義者」，我自估自己的興趣廣泛、雜學亦夥。

　　向人邀序，當年余光中邀《新月》碩果僅存的梁實秋教授。為《髣髴》賜序者包括大學卸任文學院院長，卸任大學中文研究院院長，現任大學的文學院院長，醫科大學的助理教授，還有一位是政大哲學系博士生。他們的年齡差距從76歲到26歲，足足半個世紀。我相信學無先後，我相信學有專攻。

　　我是一個可以寫書，不會賣書、甚至不大會寄書（我選擇排的那一行，總是前行者出了狀況，稽查費時而耽擱）的人。這次印行《髣髴》讓我再認識到編目錄也容易犯錯，我的右眼有「眼翳」症，不會傳染，自己卻容易感染（滴防感染眼藥水），但讀書寫作仍易犯錯。

　　一個大錯是：我寄了183首給蕭蕭、李瑞騰、須文蔚、

駱俊廷，卻寄了193首詩給醫科大學的鄭智仁，文本數量不同，對撰序者是不公平的。這是我在這篇後記中應該向他們鄭重道歉的。須文蔚教授指出我的田園主義傾向，一位漢語學者Alfred也與我提：我有深刻但埋伏很裡面的田園嚮往，只有鄭智仁助理教授在我的最後一詩（193：〈棋局〉）尋出我在城市與田園的猶豫。鄉鎮下棋，門口可擺龍門陣；大都市的人，一樣可在花園樹蔭下對奕。

　　40多歲的鄭教授，無意或無意中，道出我的「髣髴」是另一種「灰色地帶」的兩難。

2023年8月4日

秀詩人121　PG3008

髯鬚：溫任平詩集

作　　　者 / 溫任平
責任編輯 / 孟人玉、吳霽恆
圖文排版 / 許絜瑀
封面設計 / 張家碩

發　行　人 / 宋政坤
法律顧問 / 毛國樑　律師
出版發行 / 秀威資訊科技股份有限公司
　　　　　114台北市內湖區瑞光路76巷65號1樓
　　　　　電話：+886-2-2796-3638　傳真：+886-2-2796-1377
　　　　　http://www.showwe.com.tw
劃撥帳號 / 19563868　戶名：秀威資訊科技股份有限公司
　　　　　讀者服務信箱：service@showwe.com.tw
展售門市 / 國家書店（松江門市）
　　　　　104台北市中山區松江路209號1樓
　　　　　電話：+886-2-2518-0207　傳真：+886-2-2518-0778
網路訂購 / 秀威網路書店：https://store.showwe.tw
　　　　　國家網路書店：https://www.govbooks.com.tw

2024年3月　BOD一版
定價：450元
版權所有　翻印必究
本書如有缺頁、破損或裝訂錯誤，請寄回更換

讀者回函卡

國家圖書館出版品預行編目

髣髴：溫任平詩集 / 溫任平著 . -- 一版. -- 臺北市
：秀威資訊科技, 2024.03
　　面； 公分. -- (秀詩人 ; 121)
　　BOD版
　　ISBN 978-626-7346-63-1(平裝)

851.487　　　　　　　　　　　113000664